異世界ゆるり紀行 ～子育てしながら冒険者します～ 10

Minazuki Shizuru

水無月静琉

ボルト
タクミの契約獣となった
サンダーホーク。
アレン
水神の子で、妹・エレナと
ともにタクミに保護された
少年。格闘術が得意。
タクミ・カヤノ
異世界に風神の眷属として
転生した本作の主人公。
アレンとエレナの保護者。
エレナ
水神の子で、タクミに
保護された少女。
格闘術が得意。
登場
CHARACTER
人物

ベクトル
タクミの契約獣となった
スカーレットキングレオ。
小型にもなれる。
マイル
タクミの契約獣となった
フォレストラット。
レベッカ
タクミ達が
お世話になっている、
ルーウェン家当主夫人。
ジュール
タクミの契約獣となった
フェンリル。
小型にもなれる。
フィート
タクミの契約獣となった
飛天虎。小型にもなれる。

第一章　ルイビアの街へ行こう。前編

僕は茅野《かやの》巧《たくみ》。エーテルディアという世界に転生した元日本人。

僕が転生したのは、この世界の神様の一人である風神シルフィリール——シルがうっかり起こした不慮《ふりょ》の事故が原因だ。

そして、責任を感じたシルが転生させてくれたのだが、何故か僕はシルの眷属《けんぞく》になったようで、ステータスに表示される種族が【人族？】と……人間も辞めてしまったらしい。

まあ、眷属としてやるべきことは特にないようなので、普通に冒険者となって生活をしている。

……いや、最初に降り立ったのがガヤの森という危険な場所であったことと、そこでアレンとエレナという双子、それも水神様の子供を保護したのだから普通ではないかな？

そのアレンとエレナだが、水神様からの連絡が何もないため、今も僕の弟妹《きょうだい》として一緒に生活している。早いものでもう一年とちょっとが経つんだよな～。

基本的にガディア国で生活している僕達だが、今は先日作った即席スープの販売契約のために、ガディア国の王太子《おうたいし》、オースティン様と共にクレタ国に来ていた。

そこでレイン様とクラウド様というクレタ国の双子王子と出会って交流を深めていたのだが……

残念ながら僕達は本日、ガディア国に帰国するのだ。

「忘れ物はないいな？」

「「なーい！」」

僕の言葉に、子供達は元気よく挙手して答える。

契約についての話し合いが終わってから、三日間の自由行動の時間を貰った僕達は、迷宮に行って大いに楽しみ、昨晩のクレタ国滞在最後の晩餐《ばんさん》ではレイン様やクラウド様とたくさん話をした。

食事会で出したお子様プレートに載《の》っていたハンバーグをはじめとした料理や、カレーなどいくつかの料理のレシピは忘れずに譲渡《じょうと》したし……やり忘れもないはずだ。

「ギャウ」

「グルッ」

レイン様とクラウド様に見送られ、僕とアレン、エレナ、それからオースティン様達ガディア国の面々は、ここまで乗せてきてくれた飛竜——シャロ達の背に乗ろうとしたのだが、そこで問題が起こった。

シャロ達五匹の飛竜とクレタ国で飼われているグリフォンが、睨《にら》み合いを始めてしまったのだ。

「タクミ達を連れて帰ろうとするのを嫌がっているみたいだな」

「グリフォンが非常に懐いたという報告は聞いていましたが、これほどまでとは思っていませんでした」

クラウド様は若干呆《あき》れたような表情、レイン様は少し驚《おどろ》いた表情をしていた。

「タクミ、宥《なだ》めてきてください」

オースティン様は悟《さと》りを開いたような表情で、軽く無茶振りをしてくる。

「ちなみに、どちらを？」

「もちろん両方ですよ」

僕の疑問に、オースティン様は笑顔で言い切る。

「あそこに行け、と？」

「ええ。大丈夫、タクミなら何とかなりますよ」

今にも取っ組み合いを始めそうなほど睨み合っている、シャロとグリフォンのトップらしき個体。

そこに割り込んで来いって……。

「まだ距離は保っていますが、時間の問題って感じなんですけど？」

「だからですよ。飛竜とグリフォンが本格的に争い始めたら被害が増大してしまいます。私は城が壊れるのも死傷者が出るのも避けたいですからね」

「……」

ないと言い切れない状況に、僕は言葉を詰まらせてしまう。

飛竜とグリフォンが戦い出したら、城どころか街にも被害が出そうである。

「……わかりました」

僕は諦《あきら》めて、シャロ達を宥めに行くことにした。

連れて帰ろうとするシャロと、別れたくないグリフォン。つまりは僕達が原因らしいからな。

「けんかはー」

「だめなのー」

「「めっ！」」

どうやって宥めようかな～……と考えていると、僕と一緒にシャロ達の傍《そば》まで来たアレンとエレナが、両手を腰に当てて説教を始める。とても可愛い説教だ。

「……ギャウ」

「……グルッ」

だが、効果は覿面《てきめん》。先ほどまで一触即発の雰囲気だったのに、シャロ達は大人しくなるどころか……しょんぼりしている様子である。

「「おにーちゃん、これでいいー？」」

アレンとエレナはシャロ達が大人しくなったのを確認すると、僕のほうを振り返って――こてんっと首を傾《かし》げる。

「あ、うん、完璧《かんぺき》！」

「「やったー♪」」

僕は思わず拍手《はくしゅ》を送る。

誰がこれほどすんなりと事が収まると思っただろうか。どうなることかと固唾《かたず》を呑《の》んで見守っていた人達も、唖然《あぜん》としているではないか。

「「よしよし～」」

「なかよく」

「しようねー」

「ギャウ、ギャウ～」

「グルッ、グルル～」

アレンとエレナは、周りがそんなことになっているとは露知《つゆし》らず、甘えるような鳴き声を出しながらすり寄ってくるシャロ達を撫《な》でている。

緊張《きんちょう》していた空気が一気に緩《ゆる》み、和《なご》やかな雰囲気である。まあ、それは子供達だけで、周りはまだまだ混乱中だ。

「落ち着いたな？」

僕も子供達の傍に行き、まずはシャロを撫で、続いてグリフォンを撫でつつ声を掛ける。

「ごめんな。僕達はずっとここにいるわけにはいかないんだ」

「……グルッ」

グリフォンは賢《かしこ》いので僕の言葉をしっかりと理解して、少し落ち込んだ様子を見せる。

「グルッ、グルル」

「ん？」

「「あれ〜？」」

「突然どうしたんだろう？　あっちは……獣舎があるほうか？」

束の間落ち込んだグリフォンだったが、突然何かを思い出したように、獣舎のほうへ飛んで行ってしまった。

「えっと……オースティン様、もう少し待ってもらえますか？　それか僕達を置いて先に行っていただいても構いませんよ」

あまり時間が掛かるようであればオースティン様に迷惑を掛けてしまうと思い、僕達は自力で帰るという選択肢を提示する。

「大丈夫です。私もグリフォンのあの行動が気になりますから、待ちますすよ」

しかし、オースティン様もグリフォンの様子が気になったのか、待ってくれるようだった。

「「かえってきたー」」

「お、本当だな」

しばらく待つと、グリフォンが飛んでくるのが見えた。

「グルルッ」

グリフォンは僕の前まで飛んで来ると、前足で掴《つか》んでいた白に茶色のまだら模様がある球体っぽいものをおもむろに差し出してくる。僕が咄嗟《とっさ》に両手を伸ばすと、グリフォンはそれをあっさりと僕の手のひらに載せた。

「「たまご！」」

「はぁ⁉　た、卵⁉　え、ちょっと待って！　もしかしなくても君の子供だったりするのかな⁉」

「グルッ」

僕の頭くらいの大きさはある卵で、それはほんのり温かく、先ほどまで温められていた様子である。

「何で僕に渡したの⁉」

グリフォンは地面に着地すると、頭でさらに卵を押しつけてくる。

ただ、卵も撫でてくれというような雰囲気ではない。

「「つれてっていいのー？」」

「グルッ！」

アレンとエレナの無邪気《むじゃき》な言葉に、グリフォンが返事をする。

「いや、本当にちょっと待とうか。アレンとエレナもそんなに簡単に言わないの！　グリフォンも返事をしないの！」

グリフォンはクレタ国に所属している。その卵を勝手に持って行くわけにはいかないだろう。いくら親グリフォンが良いと言ってもね。

「レイン様、クラウド様、グリフォンを止めてください。これはどう見ても駄目《だめ》なやつですよね⁉」

僕はとりあえず、グリフォンのことに関して判断できる飼い主？　保護者？　上司？　何でも良いが、クレタ国の人であるレイン様とクラウド様に話を振ってみた。

「……どうなんでしょうか？」

「いや……これは駄目だなんて言えないだろう？」

はっきりと駄目だと言って欲しかったが、曖昧《あいまい》な答えしか返ってこなかった。

「オースティン様も何か言ってくださいよ！」

「……いや～、想定外過ぎて口を出せませんでした。タクミ、随分と凄《すご》い贈りものをいただきましたね」

「まだ貰っていないですからね⁉」

オースティン様にも助けを求めてみたが、助けてくれる様子はない。それどころか、達観した様子である。

「え～、これは本当にどうしたら……」

本当にどうしたらいいのかわからずにいると、レイン様から声を掛けられる。

「タクミ殿、今、父を呼びに行かせましたので、少々お待ちいただけますか」

「……はい、ありがとうございます」

この出来事はレイン様やクラウド様でも判断が難しかったようで、急遽《きゅうきょ》、クレタ国王のメイナード様に判断を仰ぐために人を走らせてくれたらしかった。

「グリフォンが卵を渡したって？」

しばらくすると、メイナード様が愉快そうな表情でやって来た。

「今、思《おも》い止《とど》まるように説得しているところです」

「何だ、タクミ、受け取らないのか？　タクミなら構わんぞ？」

「そこはメイナード様が駄目だと反対するところでしょう!?」

メイナード様はあっけらかんと、グリフォンの卵を持って帰ることを許可してくれる。

一応、グリフォンって、自国の戦力だよね？　それを国に所属しない者に簡単に託《たく》しちゃ駄目でしょう！

「少しは構ってください!!」

「構わん！」

「いやいやいや！　というか、僕はグリフォンの卵を孵《かえ》すことも、グリフォンの子供を育てることも自信がありませんからね！」

「そいつも魔物なんだから、多少手荒に扱ったとしても、ちょっとやそっとでは弱ったりしないだろう？」

まあ、魔物は生命力が強いので、普通の鳥より……鳥とは言い難《がた》い生きものだが、その雛《ひな》を育てるよりは繊細《せんさい》さは必要ないかもしれない。だが、それでも卵を孵すのがどれだけ大変かは未知数である。

「それに子供を親から離すことはしたくありません！」

「その親が渡そうとしているのだろう？」

「そうですけどね！」

本当に何でかな⁉　何で、子供を手放そうとするかな⁉

「鳥には托卵《たくらん》する種もいますから、それですかね？」

「グリフォンが托卵する種かどうかはわからないけどな～。というか、グリフォンは鳥の括《くく》りでいいのか？」

メイナード様が来たことで何かを判断したりしなくて良くなったレイン様とクラウド様が、のんびりと現状を分析《ぶんせき》し始める。

「ギャウ」

「ん？　どうしたんだ、シャロ」

「ギャウ、ギャウ」

するとと、今まで大人しくしていたシャロが、突然何かを訴《うった》えるかのように鳴き出した。

「あ～、これはシャロもタクミに子供を託《たく》したいと言っているのではないですか？」

「ギャウ！」

「おや、合っていましたか」

「いやいやいや、何で平然と訳しているんですか⁉」

オースティン様がシャロの気持ちを代弁してくるが、ちょっとは慌《あわ》てて欲しい。自国の大切な存在である飛竜が、子供を他人に渡そうとするのは大問題だよね？

「残念ながら、今はうちに飛竜の卵はありませんし、飛竜の幼体もいません」

「ん？　じゃあ、ただのシャロの希望ってことですか？」

「そうですね」

「……ギャウ」

オースティン様の言葉に、シャロががっくりと項垂《うなだ》れる。

そんなシャロを、アレンとエレナが慰《なぐさ》めるように撫でていた。

「現状は無理ですが、今後、卵が生まれた場合、タクミに託そうと騒ぎそうですけどね」

「ギャウ！」

上手く回避できたと思ったが、まだ完全に回避できていなかったようで、オースティン様の言葉にシャロが元気を取り戻す。

まあ、飛竜については先延ばしにして、とりあえず今は――

「子供は手元で育てなさい」

グリフォンのほうをどうにかしなくてはならないので、僕はそちらに向き直って説得を再開した。

「グルッ」

しかし、グリフォンは嫌だという風に首を横に振る。

「この子で繋《つな》ぎ止めなくても、また会いに来るから」

「グルッ？」

僕の言葉に、グリフォンは「本当か？」とでも言いたげに首を傾げる。

「もちろん」

「「あいにくるー」」

アレンとエレナも僕を後押ししてくれる。

卵を渡された時は連れて行く気満々だった子供達も、僕が親から離したくないと言ったところではっとした様子だったので、僕の意見に賛同してくれたらしい。

アレンとエレナも親を知らないからな。何か思うところがあったのだろう。

「子供の意思も大事だよ。僕達と一緒に行く行かないは、この子が生まれて大きくなってから自分で決めさせてもいいじゃないか」

「……グルッ」

何とかグリフォンは納得してくれたようだ。渋々《しぶしぶ》だが、僕が差し出す卵を受け取る。

「ふむ。では、その子はある程度成長するまでこちらで面倒を見ればいいのだな」

「え？　いや、だから、それはまだ決まってないですからね⁉」

「子グリフォンがタクミ達に懐くのはまず間違いない。そこで一緒に行ける選択肢があるのなら、そうなるのは絶対だろう？」

「……」

メイナード様の言葉に、僕はしばらく硬直した。

あれ？　回避《かいひ》できたと思ったが、これは駄目だった感じなのかな？

すると、子グリフォンが育つまでクレタ国に面倒を押しつけた感じになるのか⁉　……それはそれでまずいよな？

え？　じゃあ、やっぱり卵を引き取ったほうがいいのか？　いや、でも、卵を抱えたままでの冒険者稼業《かぎょう》はつらい。でも、だからといって卵とは契約できないから、ジュール達みたいに影に控えさせることもできないし……。

「そ、そこはクレタ国に留まるように、可愛がって育てれば……」

「無理だな」

僕の苦し紛れの提案を、メイナード様は即座に否定する。

「……そんな即答しなくても」

「間違いなく無理だ。賭《か》けてもいい、その卵のグリフォンは、育ったら間違いなくお前のもとに行く」

メイナード様が力強く断言する。

そろそろ現実を見ないと駄目か。そうなると、どうするかな～。

「だがまあ、いち冒険者であるタクミが卵を抱えて歩いていれば、厄介者《やっかいもの》から狙われるのは間違いないだろうからな。戦力になるまで城で育てるということは賛成だ」

メイナード様の言葉に〝やはり卵を引き取ったほうがいいかな？〟という思いを慌てて引っ込める。

うん、やっぱり卵を持ち歩くのは危険だから、絶対に無理だな！

「クレタ国として、後々、他人に渡るかもしれないグリフォンを育てることはいいんですか？」

「なに、一匹くらい構わんさ。そのぐらいで国力が覆るような政治はやってないつもりだ。それとも、何だ？　タクミはうちの国を襲う予定でもあるのか？」

「ないですよ!?」

前半はどんと構える王様っぽかったのに、後半が駄目！　何てこと言うかなっ!!

それは冗談《じょうだん》でも言っちゃ駄目なやつ！

「なら、問題はないな。――レイン、手配と周知は任せるぞ」

「わかりました」

「じゃあな、タクミ、またいつでも遊びに来いよ」

用事は終わったとばかりに、メイナード様はあっさりと城に戻っていった。

「……本当にこれでいいのかな？」

「父上が良いと言うんですから、良いんですよ。では、タクミ殿、卵はしっかりと預かりますね」

「とりあえず、生まれたら連絡するから、タクミもどこにいるかくらいの連絡はこっちにも寄越せよ」

メイナード様に続き、レイン様とクラウド様もあっさりとそう言う。

そうなってくると、細々と気にしているほうが馬鹿らしくなってきた。

「うまれるの」

「たのしみー」

「うん、そうだな」

ここはアレンとエレナみたいに、子グリフォンが生まれるのを純粋に楽しみにしておこう。

「では、我が国でも飛竜が生まれたら、タクミのもとに送れるように立派に育てないといけませんね」

「ギャウ」

「オースティン様もシャロも……子供を洗脳するのは良くないですよ」

小さい頃から変なことを刷り込みそうな気がするのは……気のせいであって欲しい。

というかオースティン様、シャロと普通に会話していないか？

「洗脳だなんて人聞きが悪いですね。私はそんなことをする技術は持ち合わせていませんよ」

「……」

そんなこと言っても、オースティン様ならできそうな気がするんだよね。

「タクミ、どうして疑うような目で見るんですか。酷いですよ」

「……お待たせしてすみませんでした。さあ、帰りましょうか」

「……あからさまに話を逸《そ》らしましたね」

はい、逸らしました。

とはいっても、出発が遅れているのも確かなんだよね。見送りに来た人達をずっと拘束しているわけにはいかないしさ～。

「ふふふっ、タクミの期待に応えて、立派な飛竜の子を育ててみせましょう。――シャロ、子作りを頑張ってくださいね。そして、有能な子供をタクミ達のもとへ送りましょう」

「ギャウ」

「良い返事です」

……あ、あれ？　オースティン様に火がついちゃったかな？　シャロと本格的にタッグを組んじゃったよ!?　これ、やっちゃったかな？

「それでは帰りましょう。――レイン殿、クラウド殿、この度はありがとうございました。今度は我が国にもいらしてくださいね」

「機会があれば是非《ぜひ》に」

「道中お気をつけてお帰りください」

しかも、オースティン様はクレタ国の面々に挨拶《あいさつ》すると、そのままさくさく移動して飛竜に乗ってしまっている。

「……オースティン様？」

「何ですか、タクミ？　それよりも、出発しますから早くシャロに乗ってください」

「……はい。アレン、エレナ、行くよー」

「「はーい」」

オースティン様の機嫌を損ねちゃったのかな？　それとも、怒っている？

素っ気ないオースティン様の態度に少々ヘコみつつ、最後にもう一度レイン様とクラウド様に挨拶をしてから、僕達はシャロに乗り込む。

それからというもの、僕はちょっと気まずい思いを抱えたまま空の旅をつづけた。

「ふふっ」

そうしてしばらく進んでいたのだが、休憩《きゅうけい》で地上に降りた時、オースティン様は耐えきれなくなったように笑い出した。

「そんなに不安そうな顔をしながらちらちらとこちらを見ないでください」

「……オースティン様？」

「タクミが意地悪をするので意地悪で返してみたのですが、思ったよりも効き目があったようですね」

「……凄い効き目でしたね」

本当に凄い効き目だった。正直、こたえた。

僕って、実はオースティン様に結構気を許していたんだな～……と改めて思ったよ。

「じゃあ、機嫌を損ねているわけではないんですね？」

「はい」

僕の言葉に、オースティン様がにこやかに微笑《ほほえ》んだ。

どうやら、僕はオースティン様の手のひらで転がされていたらしい。

がっくりと項垂れると、アレンとエレナが慰めるように頭を撫でてくれたのだった。

◇　◇　◇

オースティン様と和解（？）した後の道中はとても平和だった。

しかし、別れの時間は来るもので……。

「本当にここでいいのですか？　ルイビアの街まで送りますよ？」

「いいえ、ここで大丈夫です」

オースティン様達はこのまま王都まで帰るのだが、僕達はルイビアの街で待つレベッカさんに会いに行く約束がある。

レベッカさんは、僕と子供達がとてもお世話になっているルーウェン家の当主の奥さんで、とても穏やかな淑女《しゅくじょ》だ。子供達なんて、おばあ様として慕《した》っているんだよね。

今は息子のグランヴェリオさんの奥さん、アルメリアさんのお産のために、二人と一緒に王都から領地であるルイビアの街に戻っているので、僕達はそこを訪れる約束をしているのだ。

そのことを知っているオースティン様はそこまで送ると言ってくれたのだが、僕はその申し出を断り、ガディア国に入ったところで降ろしてもらった。

「道中であった出来事もお土産話《みやげばなし》にすると約束していますので」

「そうですか、わかりました。では、会える日を楽しみにしていますので、また王都にも遊びに来てくださいね」

「はい、必ず。では、オースティン様、残りの道中もお気をつけてください」

「「ばいばーい」」

飛び立った飛竜達の姿が小さくなるまで見送ったところで、僕は契約獣のジュール達を呼び出した。

《《わーい♪》》

「うわっ！」

すると、呼び出した途端、大きいサイズのフェンリルのジュールと、小さいサイズのスカーレットキングレオのベクトルが飛びついてきたので、僕は後ろに転倒してしまう。
「アレンも！」
「エレナも！」
「うぉ!!」
しかも、アレンとエレナが続いて、僕の上にいるジュールに飛び乗ってくる。
《あらあら、兄様ったら大人気ね～》
《兄上、大丈夫ですか？》
《タクミ兄、潰《つぶ》れちゃってるの！》
飛天虎《ひてんこ》のフィート、サンダーホークのボルト、フォレストラットのマイルは、突然の出来事に目を丸くしている。
「ちょ、ちょっと、眺めてないで助けてくれ！」
《ふふっ、わかったわ。——ほらほら、アレンちゃん、エレナちゃん、兄様が苦しがっているから降りましょうね》
僕が助けを求めると、フィートがアレンとエレナの襟首《えりくび》を咥《くわ》えて、僕の上から降ろしてくれる。
《ジュールとベクトルもさっさと降りるの！》
マイルがジュールとベクトルの頭の上に乗ってぴょんぴょんと跳《は》ね、二匹を叱《しか》る。
《兄上、お怪我はありませんか？》

やっと上半身を起こせるようになると、ボルトが飛んできて僕のお腹の上に止まり、心配そうに見上げてきた。

「ああ、大丈夫だよ。あ～、びっくりした」

《すみません》

「ん？　ボルトが謝る必要はないだろう？　それに、ちょっと大袈裟《おおげさ》なじゃれつきであって、悪さをしたわけじゃないんだしさ」

さも自分が悪いことをしてしまったような表情をするボルトを、気にするなと撫でる。ボルトは契約獣の中では一番気遣い屋だな。

「それにしても……今回は随分《ずいぶん》と激しい歓迎だったな～」

《何となく！　オレはジュールに続いた！》

ベクトルはよく考えずに行動したらしい。ということで、みんなの視線がジュールに集まる。

《だって～、お兄ちゃんから飛竜とグリフォンの臭《にお》いがしたんだも～ん》

「……ああ」

ジュールの言い分は、もの凄く身に覚えがあった。

《そういえば、染みついているわね》

《そうなんですか？》

《全然わからないの！》

僕が立ち上がると、ジュールが臭いを上書きするみたいに身体を擦《こす》りつけて来て、フィートが確認するように臭いを嗅《か》ぐ。

ここまで飛竜に乗って来たし、城を出発する時にグリフォンにもじゃれつかれたから、その時に臭いが移ったのだろう。

《お兄ちゃん、浮気?》

「……浮気ってなんだよ」

《だって、ボク達以外の魔物と戯《たわむ》れてきたんでしょう?　ボク達というものがありながら……酷《ひど》いよ!》

えっと……これは嫉妬《しっと》の類《たぐい》だろうか?

ジュールは頭で僕のおなかをぐいぐい押してくる。

どうフォローしようかと考えていると、アレンとエレナが口を開く。

「「あのねー」」

「かぞくがねー」

「ふえるんだよー」

《《《《ん?》》》》

子供達の言葉に、ジュール達は揃《そろ》って首を傾げる。

「あ~……ただそういう可能性があるって話だけだから、気にしないで」

「「ふえるもん！」」
「……」
《え？　え？　家族？　それって、もしかして飛竜とグリフォン!?》
「「うん！」」
僕の知らない間に、アレンとエレナの中では飛竜とグリフォンが家族になることが確定事項になってしまっていた。
「も～、だからまだ決まっていないって。それに、飛竜とグリフォンもまだ生まれていないだろう」
《お兄ちゃん、もうちょっと詳しく！》
《そうね。兄様、私も聞きたいわ》
ジュールとフィートがもっと説明して欲しいと言い、ボルト、ベクトル、マイルも気になるようで、同意するように頷《うなず》いている。
「えっと……クレタ国の城でグリフォンに懐かれたんだが、そいつが自分の卵を持って行けと渡してきたんだよ」
《《《《《うん、うん。それで？》》》》》
とりあえず、簡単に説明し始めてみたが、ジュール達は余計に興味が湧いたようだ。
「さすがに腕に抱えるほどの大きさの卵を持ち歩くと狙われる心配があるから断ったんだ。そうしたら、今度は生まれたら連れて行けってさ」
《《《《ほぉ～》》》》
《じゃあ、アレンとエレナの言う通り、もう少ししたら家族が増えるんだね！　ボク、弟がいい！　あ、でも、妹でも可愛がる！》
僕の説明にジュールが目を輝《かがや》かせる。いや、ジュールだけじゃなく、みんなだな。
「いや、だから、それはまだ決まっていないって。生まれる子供の意思に任せることにしたから、家族になるかどうかはまだ不明だよ」
《あら？　兄様、今の話だとグリフォンだけよね？　飛竜はどうなの？》
「飛竜もグリフォンと張り合って、子供を連れて行けって……言い出したんだよ」
《どんな子なのか楽しみなの！》
「だから……いや、もういいか」
ここまでくると「まだ決まっていない」と突っ込むのも無粋そうなので、止めておく。
「ほらほら、そろそろ出発するぞ。じゃないと、少しも移動しないうちに暗くなるからな」
だが、増えるかもしれない家族について楽しそうに語り合う子供達に早めにストップをかけておいた。
あまりこの話で盛り上がられても対応に困ってしまうし、本当にこのままでは日が暮れてしまいそうな気がしたからな。

まあ、ここで日が暮れても問題ないといえば問題ないが、せめてもっと野営に適した場所に移動はしたい。

《そうか、それもそうだよね。で、お兄ちゃん、どこに向かうの？》

「最終的にはルイビアの街。えっと、南東の方向だな」

《寄り道はしていいんだよね？》

「もちろん」

ジュールとフィートが本気を出せば、僕達を乗せていても、ルイビアの街には一日もかからずに到着するだろう。なので、寄り道は歓迎だ。

あ、でも、クレタ国に滞在した分、ルイビアの街に行くのが予定より遅れているので、あまり遅くならないようにはしたい。だいたい四、五日くらいを目安に向かいたいかな。

「とりあえず、あそこに見える森にでも行かないか？」

「「いくー！」」

《《《《賛成！》》》》

そこからの行動は早かった。

早く早くと子供達に急《せ》かされて、あっという間に森へとやって来た。

「「あっ！　イーチ！」」

森に入ってすぐに、アレンとエレナがイーチの実……イチゴに似た果実を見つけた。

《お、いっぱい生《な》っているね～》
《あら、こっちにはブルーベリーもあるわ》
《ブラックベリーも混ざっていますね。おや、レッドベリーもありますよ》
《本当だ！　美味しそうだね！　兄ちゃん、食べていい？》
《も～、ベクトル、食べるより集めるのが先なの！》
適当に入ってみた森だったけど、いろんな果実がたっぷりと生っているみたいだ。
ブルーベリーはこっちでは初めて見たな～。見た目は……地球のものとほとんど変わらないな。
しかも、通常の青紫色以外にも黒と赤の実がある。甘みと風味が違うんだっけ。
「しかし、ここまで食べ頃なものが多いのも珍しいな。虫食いみたいなものもないし……」
《確かにそうね。自然に落ちたっぽいもの以外がないのよね？》
僕の言葉にフィートが頷く。
どこにだって果実を食べる動物や虫、魔物がいるのだから、ここまで被害がないのも珍しい。
「偶然かな？」
《じゃあ、果実を食べない肉食系の生きものが多いのかしら？》
《おお！　じゃあ、オレ、倒してくる！》
僕とフィートが、果実が被害にあっていない理由を予想していると、ベクトルが尻尾をぶんぶん振り回しながら走って行ってしまった。

《行っちゃったの〜》
マイルが呆れたような声を出す。
「ははは〜。まあ、ベクトルは自由にさせておこう。で、僕達は果実を採っていようか」
《そうね。マイル、私達もベリーを摘《つ》みましょう》
《はいなの！》
とはいっても、アレンとエレナは既にジュールを伴ってイーチの実を夢中で摘んでいるし、ボルトも器用にブルーベリーを集めている。
そんなみんなを見ながら、僕も採取を始めるのだった。

しばらくの間、イーチの実、ブルーベリー、ブラックベリー、レッドベリーをたっぷりと収穫したので、僕達は休憩を取ることにした。

「「いっぱいとれたねー」」

《うん！　これでイーチジャムとかイーチミルクをいっぱい作ってもらえるね》

ジュールの言葉に、アレンとエレナが目を輝かせる。

「アイスも！」

「プリンも！」

《こっちのベリーもいっぱい摘んだわよ》

《ブルーベリーを使ったミルクもいいんじゃないですかね？》
《美味《おい》しそうなの！》
フィート、ボルト、マイルも嬉《うれ》しそうだ。
そうだな、休憩には飲みものも必須《ひっす》だ。
「今日はまだ飲んだことのないブルーベリーミルクにしてみるか？」
「「《《《《うん！》》》》」」
ブルーベリーミルクを作ってみんなに渡し、僕達はゆったりと寛《くつろ》ぐ。
「それにしても、ベクトルはどこまで行ったんだろうな～」
《近くにはいないよね？》
《そうね。魔物の気配もないから、魔物を探して遠くまで行っちゃったのかしら？》
《ぼく、飲み終わったら捜してきましょうか？》
《前にフィートに叱られたばかりなのに、反省してないの！》
ジュール、フィート、ボルト、マイルが口々にそう言う。
結局、ミルクを飲み終わってもベクトルは全然帰って来る気配がなかった。
「うーん、とりあえず、この森は安全そうだから、野営はここにしようか。それなら、もう少しベクトルを自由にさせても問題ないしな」
《じゃあ、暗くなるまでもうちょっと時間がありそうだし、ボク達も少しだけ探検しても大丈夫？》

「そうだな。この森は果実が豊富だから、もう少し探してみるか」

「「さがすー！」」

というわけで、再び森を探検してみると、他にも果実がたっぷりと生っているのが見つかった。

「「いっぱい～」」

「本当にベリーが豊富な森だな～」

イーチの実、ブルーベリーの他にも、イエローベリーにラブベリー。それになんと、流星苺《スターベリー》まであったのだ！

流星苺《スターベリー》はイーチの実よりひと回り大きくて、色は黄色。うっすらと星の模様のある珍しい果実だ。

もちろん、美味しい！

「「スターベリー！」」

アレンとエレナなんて流星苺《スターベリー》を見つけた時、凄く目を輝かせていたよ。

というわけで、生っているものはしっかりと収穫させてもらった。

《兄ちゃん！　大変、大変！》
ベリー採りを終わらせて野営の準備を始めていると、ベクトルが慌てた様子で駆け込んできた。
「ベクトル、そんなに慌ててどうしたんだ？」
《た、大変だよ！》

いつもはどんなに走り回ってもけろっとしているベクトルが、珍しく息を切らしている。
「大変なのはわかったから。何が大変なんだ？」
《あのね！　あっちに入れない場所があるの！》
「入れない場所？」
《うん！　奥に景色が見えるのに、行こうとしたら——ゴチンって！　透明《とうめい》な壁があるみたいなんだよ！》
ベクトルが言うことに間違いがないのであれば、大変であるかはどうかさておき、不思議なことなのは確かだな。
「気にはなるな～。けど、今から行くのは無理だな」
《何で!?》
《そうね～。だって、もうじき日が暮れるものね～》
すぐにでも確かめに行きたいが、これから暗くなるという時に不思議な場所に行くのは止めておきたい。
「ベクトル、そこは何か危険とか、悪い感じはしたか？」
《ん？　えっと……ううん、悪い感じは全然しなかったかな？》
「それなら急がなくても大丈夫だな。明るくなってから行くことにしよう」
僕の言葉に、アレンとエレナが首を傾げる。

「「いかないのー？」」

「行くよ。明日の楽しみに取っておこう」

「「わかったー」」

そのまま放置してこの森を去ることもできるが、気になるので確認には行こうと思う。

「というわけで、晩ご飯の準備をするか。みんな、何が食べたい？」

「「おにくー！」」

お、珍しくパンや甘味のリクエストじゃない。

「肉料理な。じゃあ、すき焼き……って言ってもわからないか。牛肉じゃなくて、アーマーバッファローの肉を野菜と一緒に甘じょっぱく煮たものなんてどうだ？」

「「たべたい！」」

《《《《食べたい！》》》》

みんなの同意も得られたので、早速作り始める。

材料はアーマーバッファローの肉の薄切り、シロ葱《ねぎ》という名の長葱っぽいものに、シロ菜《な》という名の白菜っぽいもの。あとはルーク茸《だけ》、シィ茸などのキノコ類。白滝や豆腐がないのは残念だが、仕方がない。

シロ葱と肉を焼いたら、砂糖とショーユで作った割下《わりした》を入れ、さらにシロ菜とキノコを入れてコトコトと煮込む。

そういえば、牛肉っぽいものって、今のところアーマーバッファローしか持っていないんだよな～。今度、別の牛魔物を狙って探してみるかな？

「「いいにおーい！」」

《うん、うん》

《早く、早く》

煮えてきたところでアレンとエレナ、ジュールとベクトルが、そわそわしだす。

「もうちょっとだよ。あとは……」

卵に【光魔法】の《ピュリフィケーション》をかけて浄化する。採りたての状態で保管していたとはいえ、生卵をそのまま食べるのは少し不安があるしな。

器に卵を割り入れて軽くほぐし、そこに肉や野菜を取り分けていく。

「よし、できたぞ～」

「「《《《《わーい》》》》」」

全員に配り終わった途端《とたん》、一斉に食べ始める。

「「んん～～～」」

《お兄ちゃん、これ美味しい！》

《甘じょっぱいタレがしみ込んだお肉と野菜が美味しいわ～》

《兄上、ぼく、これ好きです》

《オレも好き！　これ、美味しい！》
《とっても美味しいの！》
大好評である。アレンとエレナに至っては、感想すら言う時間が惜しいとばかりに黙々《もくもく》と食べ進めている。
ん～、でも、僕としては是非ともうどんが欲しいところだ。そういえば、まだ作ったことがなかったな。えっと……うどんは、小麦粉と塩と水だけだよな？　今からでは無理だが、今度作ろう。

◇　◇　◇

食事も終わり、寝る支度をしていると前方から何かが近づいてくる気配があった。

「……魔物ではないよな？」

《うん、これは人かな？》

――ガサリ、ガサリと、音が少しずつ近づいて来るので、僕達は少し警戒する。

「こんばんは」

「……こんばんは？」

やって来たのは年配の男性であった。

灰色のフードつきのローブを着ているため、見た目だけ言えば怪しさ満点だが、何故か警戒心は働かない。しかも、相手から普通に挨拶された。

「寝る支度をしているようだが、我が家へ来ないかい？　そんなに広くないので快適とは言えないが、少なくとも屋根の下で眠れるよ？」

「家？」

「すぐそこの結界の中さ。昼間、そこの赤い子が来ていたね」

ベクトルが見つけた透明な壁は、この人が張った結界だったらしい。そして、その中にはこの人の家があるようだ。

「えっと……何故、お招きしてくれるんですか？」

「少し観察していたが、なかなか興味深いことが多くてな。それに、少々聞きたいことができたのだよ」

「……」

どうやら僕達は観察されていたらしい。

しかし……どこが興味深かったのだろうか？　子供達と果実を採取して、普通にご飯を食べていただけだよな？

「……グルッ」

「何だ？　クローディアも来たのかい？」

返事をしかねていると、お爺《じい》さんがきた方向から黒い豹《ひょう》——ブラックパンサーがゆったりと歩いてきた。そして、お爺さんにすり寄っていく。

「その子はあなたの従魔ですか？」

「ああ、そうだよ。そういえば、自己紹介《じこしょうかい》がまだだったね。私は、オズワルド。この森に住む隠《いん》居《きょ》の爺《じじい》さ。で、この子はクローディアだよ」

お爺さんが名乗りながらフードを取ると、白髪と長い耳が現れる。

……オズワルドさん？　えっと…………ああ、聞き覚えがあると思ったが、ガディアの騎士に同じ名前の人がいたな～。

「「あっ、おみみがながーい！」」

失礼して【鑑定】させてもらうと、お爺さん――オズワルドさんはエルフということがわかった。なんと四百二十一歳！　僕が出会った中で最年長だ！　あ、リヴァイアサンのカイザーは別でね！

そして、ブラックパンサーのクローディアだが、オズワルドさんは【闇魔法《やみまほう》】スキルを持っていないので、契約獣ではないようだな。

魔物を使役にするには二通りあって、一つは僕のように【闇魔法】の契約術を用いて従わせる方法。これは主従としての強制力が備わる契約なので、魔物のほうに従属する意思が必要だ。そして、契約すると必要に応じて影に控えさせたり召喚したりできるようになる。

もう一つは懐かせたり調教したりして従わせる方法。所謂《いわゆる》、テイムというやつだな。極端な話、従属させる魔道具の首輪を嵌《は》めて強制的に従わせることも可能だ。

オズワルドさんはテイマーで、見た感じからしてクローディアは懐いて従っている従魔なのだろう。

「エルフと会うのは初めてかい？」

「そうですね」

見た目がエルフに先祖返りしただけの人族であるアンディさんとハーフエルフのカーナさんになら会ったことはあるけれど、純粋なエルフは初めてだ。えっと……確か、人族の寿命が八十歳前後なのに対して、エルフの寿命は五百歳前後だったはずだ。

「それで、どうだろう？　招待は受けてくれるのかね？　あ、もちろん、君の従魔達も一緒で構わないよ。ただ、赤い子は昼間みたいに小さくなってくれないと入れないけれどね」

オズワルドさんは常に落ち着いた様子で紳士的だし、アレンとエレナはもちろん、ジュール達も警戒する様子はない。

「みんな、どうする？」

「「んにゅ？」」

みんなにも意見を聞いてみたが、アレンとエレナはよくわからないのか首を傾げていた。

《いいんじゃないかな？》

《そうね。アレンちゃんとエレナちゃんを屋根の下で寝かせられるのなら、そのほうがいいと思う

わ》
《そうですね。ぼくもいいと思います》
《えぇ～、オレ、一緒に寝たい～》
《ベクトルは小さくなって寝ればいいの！　わたしもいいの！》
ジュール達は順番に意見を言っていく。
結果は、賛成が四。反対が一。まあ、ベクトルも完全な反対というわけではなさそうだ。
「じゃあ、お願いします。あ、僕は冒険者のタクミと言います」
多数決の結果、オズワルドさんの家にお邪魔することになったので、改めて僕も名乗り、子供達のことも順番に紹介した。
「そうか、招待を受けてくれてありがとう。じゃあ、タクミさん、こっちだ。おいでなさい」
「はい」

オズワルドさんの家に向かっている途中、アレンとエレナは歩きながらうとうとし始めていた。

「おいで」

「「……うにゅ」」

僕が抱き上げると、二人は本格的に眠り始める。

「おやおや、すっかりお眠《ねむ》のようだな。すまなかったね。もう少し早く迎えに行けば良かったのだが、君達がどんな人物なのか確認する必要はあったからな～」

「まあ、どんな人物かわからない人間をほいほい自宅に招き入れるわけにはいきませんから、必要なことだと思いますよ。場所も場所ですしね」

こんな人里離れた森の中で人と出会ったら、僕だって相手がどんな人物なのか確認する。無警戒でほいほいと声を掛けたりしない。

「さあ、こっちだ」

オズワルドさんの案内で森を歩くと、薄い膜のようなものをくぐった感覚があった。

「ベクトルが言っていた結界の場所かな？」

《そう！　さっきは通れなかったとこだ！》

蒼海宮《そうかいきゅう》――人魚族の集落に行った時に似たような経験したことがあるのですぐにわかった。

「……そういえば、この森はオズワルドさんが管理していたりしますか？」

この森は〝自生している〟では済まされないくらいたくさんの果実で溢《あふ》れていた。オズワルドさんに会う前はそういうこともあるんだな～と思っていたが、結界の中に入って絶対に違うと確信した。

だって、結界の中の木や茂みには、さっきまでいた所よりもさらに多くの果実が生っているじゃないか！

それで聞いてみたところ、オズワルドさんはあっさりと頷いた。

「私というよりは植物に強い同居人が、暇《ひま》を持て余していろいろやっているな」

「大変申し訳ありません！」

僕はオズワルドさんの返答を聞いて、すぐに謝罪した。

「ん？　何に対しての謝罪かな？」

「僕達、森に生っていた果実を勝手に採ってしまいました」

「ああ、それなら気にしないでいい。ここは別に私の土地っていうわけじゃないし、私達だけでは食べきれないほど生っているからね。あとは自然に朽《く》ちていくだけだから、それなら君達に美味しく食べてもらったほうが、うちの子も喜ぶさ」

オズワルドさんは少しも気を悪くした様子はなく、むしろもっと採れと言わんばかりだ。

《そうよ。遠慮せずにもっと食べてちょうだい》

「うわっ！」

そんな会話をしていると、背後に突然、緑色の髪の女性が現れ、僕は思わず驚きの声を上げてしまった。

《あら、驚かせちゃったかな？　私はドライアドのマーシェリー。オズワルドの相棒よ》

ドライアドって樹の精霊だったよな？

少し透けていること以外は普通に見えるその女性から【念話】っぽい声が聞こえる。

「こらこら、マーシェリー。子供達が寝ているんだから、驚かすのは止めなさい」

《あら、わざとではないわよ？》

「それはわかっているが、子供を相手にすることには慣れていないだろう？　なら、注意は必要だろう」

《ふふっ、それもそうね》

クローディアもそうだったが、マーシェリーさんもオズワルドさんのことを慕《した》っている様子がしっかりと窺《うかが》えた。

《オズ、奥の部屋、使えるようにしておいたわよ》

「ありがとう、マーシェリー。――じゃあ、タクミさん、こっちの部屋を使ってくれ」

結界を通り抜けるとすぐにオズワルドさんの家が見え、そのまま中に入って部屋まで案内される。

「ありがとうございます。二人を寝かせたら、少しお話できますか？」

「私は構わないが、明日になってからでもいいのだよ？」

「オズワルドさんの聞きたいことというのも気になりますから」

「ああ、それもそうだね。じゃあ、お茶を用意して待っているから、子供達を寝かせたら居間に来てくれ」

「はい、ありがとうございます」

オズワルドさんが居間のほうに向かうのを見送ってから僕は部屋へ入り、アレンとエレナをベッドに寝かせる。

「じゃあ、ベクトルとジュールは二人についていてくれ」
《うん、わかった》
《まかせてー》
添い寝すると宣言していたベクトルは、小さい姿でいそいそと子供達の枕《まくら》になっているし、ジュールも既に小さい姿でアレンとエレナの間に収まっている。そんなわけで、僕が離れている間のことは任せることにした。
《タクミ兄、わたしもここに残って二人が静かにしているように見張るの！》
《じゃあ、私とボルトは兄様のほうね》
《そうですね》
マイルも部屋に残ることになり、小さい姿のフィートとボルトが、僕と一緒にオズワルドさんが待つ居間に行くことになった。
「早かったね」
居間に入ると、とても良いハーブの匂《にお》いがした。
「ハーブティーを用意してもらったんだが、苦手だったら遠慮《えんりょ》なく言ってくれ。違うものを用意するから」
「大丈夫です。ありがとうございます」
僕はひと口お茶を飲んでから、率直にオズワルドさんに用件を尋ねる。

「早速ですが、オズワルドさんの用件は何でしょうか？　結界を張って森に住んでいるぐらいですから、あまり人との接触がお好きではないのでしょう？」

あえて街や村から離れた森の中で従魔と住んでいるのだ、あまり人付き合いが好きでないことは容易に想像できる。

オズワルドさんは、そんな僕の質問にあっさりと頷いた。

「タクミさんの思っている通り、私は人との付き合いを煩《わずら》わしく思ってここに住んでいる。最初は姿を現す気はなく、君達が立ち去るのを静かに待つつもりだったよ」

想像は合っていたようだ。

「だが、タクミさんがなかなか良い従魔を従えていたからね、まずそこに興味を持った」

《あら、私達？》

フィートが声を出すが、オズワルドさんとマーシェリーさんには聞こえないらしい。

じゃあ、マーシェリーさんは【念話】じゃなくて、喋《しゃべ》っていたのかな？　それとも【念話】スキルの熟練度が上がれば、不特定多数の人にも聞こえるようになるのかな？

とりあえず、腕の中のフィートを撫でておく。

「まあ、それだけでは会う気にはならなかったのだが、君が見たこともない料理を作っていて、さらに興味が湧いた」

「……料理ですか？」

「私の知らない調味料を使っているようだったからね」

《ショーユのことかしら》

「そうだね」

調味料ってことだから、ショーユで間違いないだろう。

人とあまり関わりたくないオズワルドさんを惹《ひ》きつけるとは、ショーユは優秀だな～。

「僕が使っていたものはショーユというものですね」

「ショーユと言うのかい？　それで、それは何からできているかわかるかい？　実は私は、肉や魚が一切食べられなくてな」

「迷宮に生えるコイクチって木の樹液です。それにしても菜食主義ですか。種族的なものですか？」

「いや、エルフだからというわけではないな。ただ、私自身が受け付けないだけだ」

「あ、そうなんですね」

へぇ～、エルフ全員が菜食主義ってわけではないんだな。

「野菜や果実だけなら森で年中何かしらは調達できるし、塩やパンは街に住む知り合いに頼んで調達しているから困りはしないのだが……少々飽きてしまっていてな」

「……そうですよね」

パンと野菜と果実だけ、それも塩味だけの生活か～。

食事は生きるために必要とはいえ、四百年以上あまり代わり映えのしない食生活をしているのだとしたら、さすがに飽きるな。

「ショーユは木の樹液なのでオズワルドさんでも大丈夫だと思いますよ。あと、ミソの実っていう調味料として使えるものがありますけど、それはご存知ですか？」

「ミソの実？　初めて聞くな！　名からして木の実だな？」

オズワルドさんが頬を紅潮《こうちょう》させて喜んでいる。相当、食生活で疲弊《ひへい》していたんだな。

「あとはそうだな～。最近できた調味料ですけど、いろんな香りをつけた塩がありますね」

お手軽塩シリーズも数種類あるが、肉と魚を使っているものはないので大丈夫だろう。

「おぉ！　塩にも種類があるのか！　それは素晴らしい情報だ、ありがとう！　いやぁ、本当に君に声を掛けて良かった！　しかし、良い情報が聞けても、あやつがそれを探して購入してくれるかが問題か……」

「お譲りしますよ？」

てっきり調味料が欲しくて声を掛けられたんだと思ったが、オズワルドさんは情報が欲しかっただけのようだ。

「本当かい？　すぐにでも食べてみたいので、譲ってもらえるなら嬉しいな。それと、できることなら使い方も伝授してもらいたい。もちろん、報酬は弾むので頼まれてくれないかい？」

「伝授？　オズワルドさんにですか？」

《いいえ、私にね》

僕の質問にマーシェリーさんが答える。

どうやら料理をするのはオズワルドさんではなくマーシェリーさんのようだ。精霊って料理ができるんだな〜。

「簡単なものでいいなら教えられますので、とりあえず明日の朝ご飯を一緒に作ってみましょうか」

《ええ、お願い》

「けど、どの程度教えればいいですか？」

「タクミさんの作れるもの全て……と言いたいところだが、そういうわけにはいかないからな。そうだな、ショーユとミソの実を使ったものをそれぞれ数点ずつは頼みたいな。どうだろう？」

ん〜、朝ご飯と昼ご飯を一緒に作れば、品数的には達成できるかな？

「それなら問題ないですね」

「本当かい!?　タクミさん、ありがとう！」

「いいえ、その代わりと言ってはなんですが、もう少し森で果実を採ってもいいですか？　報酬は是非ともそれでお願いします」

《あら、それなら問題ないわよ。むしろ、熟しているものは全部収穫してちょうだいな》

手持ちの調味料をひと通り譲り、そしてなおかつ、その使い方を教えることと引き換えに、果実採り放題の権利をいただいたのだった。

翌朝、僕はオズワルドさん家の台所を借りてマーシェリーさんと一緒に朝食を作る。

アレンとエレナは朝一から、ジュール達と一緒に元気に森へ果実を採りに行った。

「えっと、肉と魚は一切駄目だけど、卵とミルクは大丈夫なんですよね？」

《ええ、それで合っているわ。あと、バターやチーズも大丈夫ね》

マーシェリーさんにオズワルドさんの食べられるものを確認しつつ、作るものを決める。

「じゃあ、まずはオズワルドさんリクエストの、割下で野菜を煮たものですね」

《そうね。昨日の夜、あなた達が食べているのを見てたけれど、とても美味しそうだとオズの目が釘付《くぎづ》けだったわ》

「そ、そうだったんですね。じゃあ、シロ葱とシロ菜で同じものを作ればいいかな？」

《ええ、そうしてあげてちょうだい》

そんなに気になっていたんだったら、肉なしだが同じ料理にしたほうがいいかと思って聞けば、マーシェリーさんが頷く。

「あとはお手軽塩で野菜炒《やさいいた》め、昆布出汁《だし》に野菜をたっぷりと入れたミソ汁、エナ草のお浸《ひた》し、キノコのバターショーユ焼き、調味料は関係ないけれど卵焼きもつけましょう」

あとは、パンよりはご飯のほうが良さそうなので、米――白麦《しろむぎ》を炊《た》くことにする。

「この塩は基本的に野菜炒めに使ってくれればいいと思います。今日はどの塩にしましょうか？」

《そうね～、この緑色にしようかしら》

どの料理もそれほど手間が掛かるものではないのでどんどん仕上がり、最後に野菜炒めを作る。

蓋《ふた》の色で塩の種類が違うお手軽塩を説明すると、マーシェリーさんはハーブ塩を選んだ。

《あら、良い香り。これだけで味が変えられるなら簡単でいいわね。オズも喜ぶわ～》

「それなら良かった」

そうしてちょうどご飯ができ上がった時、いろんな果実で籠《かご》をいっぱいにした子供達が帰ってきた。

「「ただいまー！」」

《この森、本当に凄いね》

《旬なものも旬じゃないものもいっぱい実っていたわ～》

《たくさん採れました》

《いっぱい食べた！》

《ベクトルは食べてばっかりだったの！》

ジュール、フィート、ボルト、ベクトル、マイルがそう言う中、〝見てみて〟と言わんばかりに、子供達は果実の入った籠を差し出してくる。

「いっぱい採れたな～。これはこのまま食べたほうがいいかな？」

「「えぇ～」」

良い具合に熟して甘そうな果実ばかりなので、そう思ったのだが、アレンとエレナが不満そうな声を出す。
「何だ？　駄目か？」
「アイス～」
「ジャムも～」
《兄ちゃん、果実水もいいと思う！》
《フルーツミルクもいいわね》
《干し果実にしても美味しくなるんじゃないですか？》
《美味しければどれでもいい！》
《ただ凍らせても美味しそうなの！》
アレンとエレナだけじゃなく、ジュール達もそのまま食べる以外の食べ方を言ってくる。
「アイスにジャム、果実水にフルーツミルク、干し果実に冷凍果実か。ははは～、随分といろんな食べ方が出たな～」
マーシェリーさんにはジュール達の声は聞こえていないはずだからと、今提案された品々を復唱すると、マーシェリーさんは驚いて目を見開く。
《あら、果実にもいろんな食べ方があるのね～。そんなに種類があるなら、採ってきた量が足りないんじゃないかしら？　全部作れるようにもっと採るといいわ》

「『いいの？』」

《いいわよ〜》

ニコニコするマーシェリーさんに、不安になって僕は尋ねる。

「本当にいいんですか？」

《ええ、だって、オズってば最近あまり食べないのよ〜。フルーツミルクや冷凍果実なんかは作ったことがないから、もしかすると食べるかもしれないけれど、それを差し引いてもまだまだいっぱい生っているでしょう？　だから、遠慮なくどうぞ》

美味しい果実でも食べ過ぎると飽きちゃうのかな？

昼ご飯……じゃなくて、おやつの時間にでも、フルーツミルクや冷凍果実を出してみよう。

《……さあ、これで完成ね。早速、ご飯にしましょうか。きっと、オズ、うずうずしながら待っているはずよ》

朝ご飯にしては少し豪勢な料理をテーブルに運ぶと、みんなで囲んで食事を始める。

「……美味しい」

まずはひと口、割下で煮た野菜を食べたオズワルドさんは、ぽつりと言葉を零《こぼ》す。

「……これも……これも……どれも美味しい」

順番に料理をひと口ずつ口に運び、噛《か》みしめるように食べていく。

ちょっと涙目になってさえいた。

「これもおいしいよ」

「いっぱいたべてー」

　涙目になっているオズワルドさんを見て、アレンとエレナが料理を勧める。

「ありがとう。でも、いっぱいあるから、二人もたくさん食べなさい」

「「うん」」

　オズワルドさんはご飯も気に入ってくれたので、今後も白麦を調理できるように、僕が予備で持っていた炊飯器の魔道具を売ることにした。


　仲良く朝ご飯を食べ終わり、少し休憩した後、また料理を作り始める。今度は昼ご飯とおやつだ。

　まずは昨夜思いついたうどんを作ることにし、子供達に協力してもらっている。

「「ふみふみ～♪　ふみふみ～♪」」

　小麦粉に少量の塩、水を入れて捏《こ》ねたものをビニール袋くらいの薄さの革袋に入れて、裸足になった子供達に踏んでもらっている。

　ちなみにジュール達は、ここではあまり手伝えることがないからと、果実採りに行っていた。

「マーシェリーさん、これは必ずしも踏む必要はなくて、手で捏ねてもいいんですけど……多少の力は必要になりますね」

《そうね、でも量が少なければ大丈夫そうよ》

「それもそうですね」

今は大人数のご飯のために多めに作っているので、それなりに労力は必要だが、二人前ならマーシェリーさんの細腕でも大丈夫か〜。

「『おいしくな〜れ♪　おいしくな〜れ♪』」

「良い感じ！　もうちょっと頑張ってくれたらとっても美味しくなるよ！」

「『がんばる！』」

アレンとエレナが頑張ってくれている間に、食後のデザート作りをすることにした。

小麦粉に砂糖と卵、牛乳を入れて混ぜ、熱したフライパンで薄く焼く。

「……あ、穴が開いた」

最初の一枚目は残念ながら、生地《きじ》をひっくり返す時に穴を開けてしまったが、二、三枚焼けば慣れてくる。

「『それなーに？』」

アレンとエレナはうどんを踏みながらも、僕の作業をちゃんと見ていたようで、何を作っているか聞いてくる。

「これはクレープの生地だよ」

「『クレープ？』」

「そう。この生地でクリームとかジャム、果実を包んで食べるんだよ。いろんなものを用意して選ばせてあげたいところだけど、今日はたっぷりのカスタードクリームにたっぷりベリー、それにチョコレートソースにしようか」

「「うん！　たのしみ～♪」」

わくわくした目の双子に見守られながら生地をどんどん焼いて量産していき、焼けた生地が冷めたら今度はどんどん包んでいこうと思うのだが……その前に穴が開いた生地を切り分けてひと口サイズのクレープを作る。

マーシェリーさんに一つ渡して、口を大きく開けるアレンとエレナの口にも入れてあげた。

「「んん～～～」」

《あら、甘くて美味しいわ～》

「生の果実、煮た果実、ジャム……どれにでも合いますよ」

《いろいろ楽しめそうでいいわね～》

アレンとエレナはもちろん、マーシェリーさんも気に入ってくれたようだ。

あ、そういえば、最近シルにお裾《すそ》分《わ》けをしていなかったな～。ちょうど量産するところなので、シルに送る分も作ることにしよう。


昼ご飯のうどんは、シンプルにショーユベースの麺つゆっぽいもので作った煮込みうどんと、ミソ煮込みうどんの二種類を作った。他にはナスのミソ炒め、いろんな豆と根菜を一緒に煮た五目豆も作る。

「あとはどうしようかな～」

《ねぇ、野菜を生のままで美味しく食べる方法はない？》

「それならマヨネーズというものがあります」

《マヨネーズ？》

「はい、卵黄に酢と油と塩を混ぜたものですね」

マーシェリーさんの要望に応えて、マヨネーズを紹介する。

「「おにーちゃん、おにーちゃん」」

すると、アレンとエレンが袖《そで》を引っ張ってきた。

「サラダの」

「タレはー？」

「サラダのタレ？　ああ、ドレッシングか！　そういえば、作ろうって言っていたのにまだ作ってなかったな。じゃあ、それも作るか！」

「「つくるー！」」

サラダを食べるのにマヨネーズだけでは飽きるかもしれないので、サラダ用のドレッシング作りにも挑戦することにした。

ドレッシングはもともと、アレンとエレナのために作ろうと思っていたものだしね。

「まずは……タシ葱かな」

何種類か作りたいけど、僕が良く好んで使っていた醤油《しょうゆ》ベースのタマネギドレッシングがいいかな。

まずはみじん切りにしたタシ葱を炒めて冷まし、それにショーユ、酢、油を少しずつ混ぜる。

それをレタスにつけて味を確かめながら、調整していく。

「ん～……このくらいかな？」

「「あ～ん」」

「ん？」

「「あじみ～～～」」

「ははっ、わかった、わかった」

味見をしている僕を見て、アレンとエレナが口を開けてくるので、二人の口にもレタスを入れてあげる。

「「おいしい！」」

アレンとエレナは気に入ってくれたようで、もう一度と言わんばかりに口を開けた。

《あ～ん》

するといつの間にか、マーシェリーさんも口を開けていた。

「いやいや、マーシェリーさんにはさすがにできませんって」

《あら、残念。でも、味見はしてもいいんでしょう？》

「もちろんです。食べてみてください」

マーシェリーさんの口元には笑みが浮かんでいたので、冗談で言っているのがすぐにわかった。

しかし、冗談じゃなかったとしても、成人女性の姿をしている人に〝あーん〟はさすがにできないので、自分で食べてもらう。

《あら、美味しいわ》

「酢を多めにして酸味を強くしてもいいですし、蜂蜜《はちみつ》を加えて甘めのものにしてもいいと思います」

《ちょっとの工夫で違う味ができるのね。そうね〜、蜂蜜を加えたものを試しに作ってみようかしら？》

「そうですね、ぜひ作ってみてください」

マーシェリーさんが復習がてらタシ葱ドレッシングを作っている間、僕は違うドレッシングを作る。

「次はそうだな〜、ゴマかな？」

白ゴマをペースト状になるまですり潰し、そこにショーユ、酢、砂糖、油を混ぜてのばしていく。

「こんな感じかな？」

「「あーん」」

もういいかな、というところで、子供達は僕が味見をする前に口を開けた。

「も〜、気が早いな〜」

タシ葱ドレッシングの時のようにレタスにゴマドレッシングを少しつけて、二人の口に入れる。

「どう？」

「「おいひぃ〜」」

「そう？　良かった」

僕も味見をしてみたが、まあまあ美味しくできていた。

だが、しっかりと調味料の量をメモっておかないと、毎回違う味になってしまう気がする。

ん〜、安定性を取るか、毎回微妙な違いを楽しむか……悩むところである。

《こっちも味を見てちょうだい》

マーシェリーさんが蜂蜜入りのタシ葱ドレッシングを作り終えたようだ。

「いただきます」

「アレンもー」

「エレナもー」

「ん、マーシェリーさん、美味しいですよ」

「「これもおいしい〜」」

《ふふっ、良かったわ》

マーシェリーさんが作ったものは甘みが強かったけど、結構いいな。

「これで昼ご飯の準備はいいかな？」

《そうね～。でも、もうちょっと教えて欲しいわ。ねぇ、タクミさん、午後から移動してもすぐに夜になるわ。もう一泊して、今夜と明日の朝の料理も教えてくれないかしら？　とはいっても、私が提示できる報酬は引き続き果実の採り放題と、あとは畑の野菜くらいなんだけど、考えてくれない？》

約束は今日の朝ご飯と昼ご飯ではあったけれど、マーシェリーさんはもう少し料理を習いたいと言ってくる。

確かに、二食だけでは教えられる料理の数は限られているからな。でも、他に僕が教えられる肉や魚を使わない料理はあるかな～？

「ん～……」

「「いいよ～」」

僕が躊躇《ためら》っていたら、アレンとエレナが先に了承の返事をした。

《ふふっ、ありがとう。でも、残念ながらお兄さんはあまり乗り気ではないみたいね》

「いえいえ、僕もいいんですけど、教える料理をどうしようかな～……と」

《あら、そういうことね。そうね～、白麦はパンの代わりと考えればいいんでしょうけれど、白麦自体を工夫するものがあれば教えて欲しいわ》

ああ、なるほど。ご飯ものはまだ作ってなかったか！

「『カレー！』」

「そうだな。夜は野菜カレーにするか」

あとは、肉や魚介なしの中華丼っぽいものもいいかな？　チャーハンとかもいけそうだから、ミニ丼でいくかな。

そういえば、白麦が大丈夫なら、赤麦も大丈夫だよな？

「モチも教えたいけど、赤麦が手に入るところがわからないしな～。僕が持っている残りは……」

そう呟《つぶや》きつつ、《無限収納《インベントリ》》に入っている赤麦の量をリストで確認したところで、明らかに量が増えているのに気がついた。

「……シルかな？」

これは……前にあげたモチが気に入ったから、また作ってという意味だろうか？

「おにーちゃん、どうしたの？」

「いや、赤麦があとどのくらいあったか確認していたんだよ」

「あかむぎ！」

「おもちー！」

「『たべたーい！』」

目を輝かせるアレンとエレナを見て、マーシェリーさんが首を傾げた。

《赤麦？　また珍しい作物を使おうとしているのね～》

「やっぱり珍しいんですか？」

《ええ、場所は忘れてしまったけれど、ごく一部の地域でしか栽培《さいばい》していないはずよ。でも、今すぐは無理でも、育てようと思えば育てられるわよ？》

マーシェリーさんの手にかかれば、赤麦が育てられるようだ。

「赤麦から作るおモチっていう軽食、もしくはおやつ向きな料理があるんですが……」

《ぜひ、教えてちょうだい》

赤麦が手に入るならモチの作り方を教えたほうがいいかと聞くと、食い気味に教えて欲しいと返答された。

「わかりました」

《ふふっ、ありがとう》

モチは明日の朝ご飯にでもするか。みたらし、餡子《あんこ》、きな粉に……大根おろしもいいな。あ、バターショーユもいいかも。

夜ご飯と朝ご飯の主軸は決まったから、あとは味違いの野菜炒めや煮物を作ることにしよう。

朝ご飯に引き続き、昼ご飯もオズワルドさんの口に合ったようで絶賛された。

そして、夜ご飯。ご飯ものは野菜のカレーライス、中華丼、チャーハン、キノコの炊き込みご飯の四種類を用意し、ポテトグラタン、野菜の天ぷら、ミズウリ――きゅうりに似た野菜の酢ミソ和《あ》え、ダイコンの煮物……と、合う合わないは関係なしに思いついた料理を作っていった。

「どれも美味しかったよ」

「「おいしかった～」」

オズワルドさんは細身の身体のどこに入るんだろうと思うくらいたくさん食べてくれ、つられるようにアレンとエレナもたくさんご飯を食べていた。なので、余ったら《無限収納《インベントリ》》に入れておけばいいや……と思っていた量の料理が全てなくなった。

「……食べ過ぎて気持ち悪くなってないですか？」

「少々、食べ過ぎた感はあるけれど、気分は高揚《こうよう》しているね。私が食べられる料理がこれほどあるとは思わなかったよ！」

「気に入ってくれたのなら嬉しいんですけど、食べ過ぎには気をつけてくださいね」

このままだと、細身のオズワルドさんがぶくぶく太る未来しか見えない。

「アレンとエレナもいっぱい食べたよな～」

「うん」

「たべた～」

二人は頷いてから、こてんと首を傾げる。

「「ぽよんぽよん、なる？」」

「ははっ、一日くらいなら大丈夫だよ」

「「よかった〜」」

アレンとエレナが自分のお腹を触りながら心配そうにするが、僕が大丈夫だと伝えると安心したようにはにかむ。

《オズも大丈夫ね。オズは料理できないから作るのは私なのよ。明日の昼からはいつも通りの量しか作らないわ》

「それなら安心ですね」

「そ、そんな……マーシェリー、せっかく新しい料理が増えたんだから、少しくらい多く——」

《駄目よ》

オズワルドさんの言葉を遮るようにして、マーシェリーさんがきっぱりと言い切る。

どうやら、オズワルドさんがぶくぶく太る未来はなさそうである。まあ、今はちょっと痩《や》せ過《す》ぎているから少しくらいなら太ってもいいとは思うけどね。

《あ、それはそうと、タクミさん、あなたにお願いがあるの》

「お願いですか？」

マーシェリーさんが済まなそうな顔をしながらこちらを見てくる。

《ええ、依頼を延長している上に、まだ終了していないのにお願いするなんて本当に申し訳ないんだけど。今後、二、三ヶ月に一度、調味料とかの調達をお願いしたいの》

「えっと……ここに届けるってことですか？」

《いいえ、こちらから受け取りに行くわ》

「ん？」

受け取りに来るってことは、街に来るってことだよな？　旅をしているとはいえ、僕達は街にいることが多いんだから。それなら、自分で買えるよな？

「……受け取りに行くのは私の従魔だよ。いつも、魔道具を持たせておつかいに行ってもらっているんだ」

オズワルドさんがしょぼーんとしながら、マーシェリーさんの言葉に補足してくれる。

「従魔ってことは……クローディアですか？」

「いや、クローディアではなく、エデンバードのライラだよ」

「……エデンバード」

《今はちょうどお散歩に行っていて留守なのよね～》

エデンバードというと、Aランクの魔物だな。ドライアド、ブラックパンサーも凄いと思ったが、エデンバードとまで契約しているんだ。オズワルドさんは凄いな～。

あれ？　従魔だっけ？　まあ、どちらにせよ凄い。僕の契約獣のほとんどはシル達神様が送ってくれた子だし、自力で契約したのは、パステルラビットくらい……改めて考えると、少し切なくなってきた。

「た、確か、食料の調達は知り合いに頼んでいたんですよね？」

「ああ、そうなんだけどね、あやつは何といってもめんどくさがり屋なんだ。私に恩があるからしぶしぶ塩とパンを調達してくれてはいるが、常々後釜《あとがま》を探してくれと言ってくるんだよ」

《あの人はめんどくさがり屋過ぎるわ！　ものを頼んでも、ちゃんと買ってくれないんだもの！》

オズワルドさんは疲れたように溜め息を吐《つ》き、マーシェリーさんはちょっと怒り気味である。

「そ、そうなんですね」

もともと買いものを頼んでいた人が嫌がっているうえに、しっかりと役目を果たしてくれないので、僕に後釜になって欲しいわけか。

「あれ？　さっきマーシェリーさんが赤麦を育てられるって言っていましたから、ショーユ……コイクチの木やミソの実も育てられるんじゃないですか？」

《残念ながら、私が見たことのない植物は育てられないのよ》

なるほど、何でも……っていうわけではないんだな。

ショーユとミソの存在を知らなかったのだから、当然、その木が生えているのを見たことなんてないよな〜。

「でも、僕達はあちこちに移動していますから、難しくないですか？」

「それだったら、これを持っていてもらえば大丈夫」

オズワルドさんが取り出したのは、新緑《しんりょく》のようなオズワルドさんの瞳《ひとみ》と同じ色をした、雫《しずく》型の石

だった。

「えっと……これは？」

「これは私の魔力を注いだ石だよ。これを持っていれば、ライラは魔力を辿《たど》って、どこにいても君のいる場所に行けるんだ」

あっ、そういえば、カイザーから鱗《うろこ》を渡された時も、似たようなことを言っていたな！

「もちろん、ライラには購入に掛かる以上の金銭を持たせよう」

《野菜や果実、ここで私が育てた食材もね》

マーシェリーさんの育てた野菜や果実は新鮮で美味しいので、とても魅力的である。

「主に購入するものは塩にパン。今回、僕が提供した調味料類でいいんですよね？」

「ああ、そうだね。それと、もし私が食べられそうなものが他にもあれば大歓迎だよ」

《あとは加工品ね、紅茶とか。私、ハーブティーは作れても茶葉を紅茶に加工することはできないの。それとたまに生活雑貨もね。鍋とか食器とかが壊れそうになったらお願いしているのよ》

なるほど、紅茶とかはなくても困らないけれどあったら嬉しいし、鍋とかは劣化するもんな。それを頼んでも買ってもらえないとなると、人員交代したくなるか。

「わかりました。引き受けます」

僕には《無限収納《インベントリ》》があるから、先にそれなりに買っておいて、ライラが来た時に臨機応変に対応するだけだからな。

「本当かね！　ありがとう！」
《引き受けてくれてありがとう》
　僕が引き受けると、オズワルドさんもマーシェリーさんも嬉しそうにする。
《そうそう、タクミさん、私はある程度季節に関係なく植物を育てることができるから、もし欲しいものがあるなら要求してね》
「ありがとうございます。欲しいものがある時はお願いします。僕も追加の料理があれば、紙に書いて渡しますね」
《あら、嬉しいわ。よろしくね》
　交渉が成立したので、その場でオズワルドさんの魔力が込められた石を受け取り、出かける時に腰に着けている目くらまし用のバッグに括《くく》りつけておく。これでライラは僕のところに来られるだろう。

　話がまとまったところで、僕達はのんびりと夜を過ごしていたのだが――
「『……ふにゅ～』」
《何でオレじゃないの！》
《ベクトル、騒がないの！》
《そうだよ、二人が起きちゃう》

いつの間にか、アレンとエレナがクローディアのお腹を枕にして寝てしまっていた。ベクトルが不満顔で騒ぐが、フィートとジュールに窘《たしな》められている。

「おやおや、すっかり寝入ってしまっているね」

「クローディア、ごめんな。すぐにどけるよ」

「ガルッ」

《タクミさん、嫌がってないから大丈夫よ》

「そうなんですか？　あ～、でもうちの子が嫉妬しているんですよね～」

「ははは～、あの赤い子かな？」

オズワルドさんは、言葉は通じなくても様子を見るだけで、嫉妬しているのがベクトルだというのがわかるようだ。

「そうなんですよ。ずっと騒がれたら子供達が起きるので、部屋に寝かせてきますね」

「まあ、他人の従魔に役目を取られていたら、嫉妬くらいしてしまうか。じゃあ、そうしておいで。ああ、でも、タクミさんは戻ってきてくれるかな？」

「はい」

僕は子供達を抱き上げ、尻尾を思いっ切り振るベクトルを連れて部屋で寝かしつけると、もう少しオズワルドさんと話をすることにしたのだった。

翌朝、僕はマーシェリーさんに教えながら赤麦を炊いて大量のモチを作った。

今回はあえて味は付けずにひと口サイズに丸め、餡子、みたらしのタレ、きな粉、大根おろし、バターショーユを用意して、好きなもので食べるスタイルにした。

昨日、隙を見てシルにクレープを送ってあげたが、後でこのモチも送ってあげよう。

「これもまた美味しいな」

《本当ね。赤麦ってこんな風にもちもちになるのね》

「ああ、それにも驚きだが、こんなに味を変えて食べられるなんて凄いよ」

「気に入ってもらえて良かったです」

マーシェリーさんは赤麦を量産する心積もりらしいので、僕の手持ちの赤麦がなくなりそうになったら貰えるようにお願いしておいた。

第二章　ルイビアの街へ行こう。後編

オズワルドさん達に挨拶をしてお暇《いとま》した僕達は、改めてルイビアへと向かう。
オズワルドさん達に会ったのは予定外なことだが、過ごした時間は二日だけだ。なので、まだまだ寄り道しながらのんびりと移動することにした。
《ん～、あっちのほうが気になるかな！》
「何かあるのか？」
《ううん、なんとなく！》
「そうなのか？　でもまあ、いいさ。行ってみよう」
《やったー》
とりあえず、行き先はジュールが気になった方向にした。
《出発！》
ベクトルが真っ先に走り出していく。
「僕達も行くか」
「「はーい」」

《お兄ちゃん、乗って、乗って》
《じゃあ、アレンちゃんとエレナちゃんは私ね》
《マイルはぼくと行きますか？》
《はいなの！》
僕はジュールの、アレンとエレナがフィートの、そしてマイルがボルトの背に乗り、ベクトルの後を追う。
「「あっ！」」
「お、海が見えてきたな」
「「うみだ～！」」
しばらく走ると海が見えてきた。
「「おにーちゃん、おにーちゃん」」
「うみ～」
「およぐ～」
「そうだな。遊んでいくか」
「「やったー」」
《《《《わーい》》》》
季節はすっかり暖かくなってきたし、今日は快晴。海水浴にはうってつけの日である。

僕が了承《りょうしょう》した途端、みんなは海に向かって一直線に走っていく。
「ちょっと、ジュール、一旦《いったん》止まれ！」
《とりゃー！》
「うぉ!!」
ジュールは僕を背に乗せたまま海へ駆け込み、ある程度深さのあるところまで泳ぐと、思いっきりジャンプして、思いっきり海の中に潜る。
「ちょっと!?　ジュール!!」
準備も何もできなかったので、僕はすっかりびしょ濡《ぬ》れだ。
《そーれ》
「「わーい」」
《きゃーなの！》
続いて、アレンとエレナを乗せたフィート、ボルトの背から飛び降りるようにマイルが海に入ってくる。
《兄上、ぼく、ちょっと周りに魔物がいないか見回ってきますね。海の中にいるのだけ気をつけてください》
「わかった。ありがとうな」
《はい！》

気遣い屋のボルトがすぐさま周辺の見回りに行ってくれる。

「こ〜ら〜、ジュ〜ル、どうして僕を乗せたまま飛び込むんだ！」

《へへへ〜》

ジュールの背から降りた僕は、ジュールの正面に回ると両手で頬を挟んでぐりぐりと潰す。しかし、ジュールは痛がりも反省もしないで笑う。

《お兄ちゃんも一緒に泳ごうよ！》

どうやら一緒に遊びたくて、僕を乗せたまま海に飛び込んだらしい。

「いっしょに」

「あそぶー」

「わかった、わかった」

アレンとエレナが抱きついてきて、一緒に遊ぼうとせがんでくる。

《兄ちゃん！》

「あれ？」

了承し、早速みんなで遊ぼうとするとベクトルに呼ばれた。

しかし、その姿は近くにない。

「「あそこー」」

「ん？」

《兄ちゃん、オレも遊びたい！》

アレンとエレナが示すほうを見れば、ベクトルは海には入らずに浜辺でしょぼーんとしていた。

腕白《わんぱく》なベクトルでも、濡れるのが嫌で海には飛び込まなかったようだ。

「ああ、人魚の腕輪をしていないもんな～」

すぐにベクトルのもとに行き、水中でも濡れなくなる魔道具、人魚の腕輪を着ける。

《兄ちゃん、ありがとう》

「ベクトル、本当に水が嫌いなんだな」

《嫌ーい。ねぇ、兄ちゃん、オレ、この腕輪着けっぱなしでいい？》

「いいぞ。だけど、丈夫な魔道具じゃないから、引っかけたら壊れるから気をつけろよ」

《うん！》

人魚の腕輪を着けて濡れなくなったベクトルも海に入ってきたので、改めて遊ぶことにする。

「それで、何して遊ぶんだ？」

「「なみ！」」

「波？　……ああ、あれか」

ベイリーの街の近くの海で遊んだ時にやった、水魔法で波を作って身体ごと攫《さら》わせるやつだな。

「いいぞ。――あ、そうだ、これを抱えてみて」

僕は《無限収納《インベントリ》》からシャボン風船を人数分取り出して渡す。

シャボン風船は【細波《さざなみ》の迷宮】で出会ったバブルアーケロンが出す泡で、《無限収納《インベントリ》》にしまったところ、何故か割れないゴム風船のようなものになったので、子供達の遊び道具となっている。
いろんな大きさがあるが、アレンとエレナには両手で抱えられるくらいの大きめのものを。二人と一緒に波乗りをするつもりなのだろう、瞬時に小さくなったジュールとフィートには身体と同じくらいの大きさのものを。ベクトルには持っているもので一番大きいものを。マイルには乗れるくらいのものを渡す。
「ほら、いくぞー」
僕は【水魔法】を使って波を起こして、子供達の身体を大きく円を描くように流す。今回は波の出るプールではなく、流れるプールみたいな動きだ。
シャボン風船は浮き輪代わりになってくれるので、前回より流しやすい。ただし、不規則に動くシャボン風船のお蔭《かげ》で、子供達の身体はくるくる回ってしまっているけどね。
「「きゃ～」」
《わーお、これ楽しい～》
《ふふっ、気持ちいいわ～》
《ふぎゃっ！》
《おっとと、なの！》
子供達はそれぞれ楽しんでくれているようで、アレンとエレナ、ジュール、フィートは上手い具合にシャボン風船にしがみついて流れている。ベクトルはシャボン風船から落ちたり上ったりを繰り返し、マイルは大道芸人顔負けの玉乗りを披露《ひろう》していた。
《兄上ー》
しばらく遊んでいると、見回りに行っていたボルトが帰ってきた。
「ボルト、おかえり。どうだった？」
《特に問題ありませんでした》
「そうか、ありがとうな」
《いいえ》
【水魔法】は継続したまま肩に止まったボルトを撫でると、ボルトは嬉しそうにすり寄ってくる。
《兄上、これは何ていう遊びですか？》
「何だろう？　回る海流かな？　僕にとっては水魔法の練習だな。ボルトも参加するか？」
《いいえ、ぼくはいいです。兄上といたいです》
ボルトは本当に真面目な良い子で、可愛い子である。

「あっ、大変だ！」

「「んにゅ？」」

《お兄ちゃん、どうしたの？》

《兄様？》
《兄上、どうかしましたか？》
《何なに？　どうしたの？》
《タクミ兄？》
海で遊んでいる途中、唐突に大事なことを思い出して声を上げると、子供達が心配するように見つめてくる。
「ごめん、お土産を忘れていたのを思い出したんだよ」
「「おみやげー？」」
「レベッカさん達にだよ。旅の話だけでいいって言われていたけど、やっぱり何か品を用意したいだろう？」
《兄様、湖で見つけたタイラントベアーの毛皮をお土産にするって言っていなかった？》
確かに、炭酸水が出る湖でベクトルが良いクマの毛皮を見つけてくれた。それは既にケルムの街の冒険者ギルド経由で、職人に加工してもらって敷物にしてある。だが、それだけでは足りないのだ。
「うん、だけど、それだけじゃ駄目なんだ」
「「あっ、おおかみ！」」
アレンとエレナが思い出したように叫ぶ。

「約束しているわけじゃないけどね、敷物にできそうなクマと狼《おおかみ》の毛皮をお土産にするって話をしてね」

ドラゴンの肉も話には出たけど、さすがにそれは無理そうだから、毛皮の敷物は宣言通りに用意したところだ。

《なるほど。じゃあ、狼の毛皮が必要なんだね！》

「できればだけど、そうだな」

「「……おおかみ」」

《《《……狼》》》

ジュールの言葉に僕が頷くと、子供達の視線が一斉にジュールのほうを向く。

《な、何!? も、もしかして、ボク!? ボクは駄目だよ!!》

ジュールはブルブルッ、と身震いをする。

《あらあら、ジュール、私達、何も言っていないじゃない。何となく見ただけよ》

《そうですね。兄上の欲しいものが毛でしたら遠慮なく抜きますが、さすがに毛皮は剥《は》ぎませんよ。見ただけです》

フィートとボルトが、ただただ見ただけだと主張する。

というか、ボルトさん？　僕が欲しいって言ったらジュールの毛を抜くのかい!?

《お兄ちゃ～ん》

「狼っていう言葉でジュールを見ただけだって。誰もジュールのことは傷つけないから～」
「ジュ～ル～」
「ごめ～ん」
泣きそうになっているジュールを宥める。
アレンとエレナにも協力してもらって、しばらくジュールを揉《も》みくちゃにして気分を高揚させた。
「そういえば、まだ遭遇《そうぐう》はしたことないけど、ジュール達は同種の魔物に会ったらどういう対応を取るんだ？」
フェンリル、飛天虎、サンダーホーク、スカーレットキングレオ、フォレストラットは、あまり人里に近いところでは出会うことのない魔物だ。だが、絶対に出会わないということはないだろうから確認しておこう。
《ん～？　敵対してくるなら、普通に倒すね》
《遭遇してすぐに襲ってくることはないと思うけど……絶対ではないものね。兄様に敵対するなら、遠慮なく倒すわ》
《そうですね。襲ってくるならそうします。ですが、敵対しないんでしたら積極的に倒したりはしないと思います》
《倒すかどうかはわからないけど、力比べで戦うのは間違いない！》
《わたしの種族はそもそもあまり戦わないの！》

「了解、ありがとう」

とりあえず、注意すべきなのはスカーレットキングレオだな。もともと好戦的な魔物だしな～。

「「あっ！」」

突然、アレンとエレナが沖のほうを指差しながら声を上げる。

「なんだっけ～？」

「いかー？」

そちらに目を向ければ、何かがいるようだった。

「あれはイカじゃなくてタコかな？」

頭の形が丸いので、タコだろう。大量のタコがトビウオのように海面から飛び出ては海に沈む姿が見える。

遠目なので正確な大きさはわからないが、たぶん常識的な大きさのタコだろう。……まあ、少しばかり数が多いみたいだけどね。

《あれって魔物じゃないよね？》

《そうみたいね》

《こっちに来ますかね？》

《来たら倒せばいいい！　ねぇ、タコって美味しいの？》

《わからないの！》

どうやら、魔物じゃなくて普通のタコのようだ。
「そういえば、タコは持っていないな～」
イカなら普通のものと魔物と、両方を食材として持っているが、タコは持っていない。タコ焼き、タコ飯、タコの柔らか煮、タコの唐揚げ、酢のものなんかもできるんだけどな～。
《よし、獲《と》ろう！》
《そうね。ちょっとこっちに誘導《ゆうどう》してくるわね》
《フィート、ぼくも行きます》
突然、ジュールの号令でみんながタコを捕獲《ほかく》するために行動し始め、フィートとボルトがタコの群れがいるところまで飛んでいってしまった。
「ちょっと、待って。突然、どうしたんだ？」
《タクミ兄が欲しいなら、獲るしかないの！》
何が起こっているのか残っている子達に確認をしたら、とんでもない答えが返ってきた。
なんと、僕がぼそっと呟いた「タコは持ってない」発言が原因だった!!
《わたしが蔦《つた》で頑丈な網を作るの！　群れが近づいてきたら、フィートとボルトに頼んで群れの上に網を落としてもらうの！》
《それで捕獲して、ボクとベクトルが引っ張ればいいんだね》
《わかった！　オレとジュールに任せろ！》

しかも、地引網《じびきあみ》！
「アレンはー？」
「エレナはー？」
《二人も一緒に引っ張るよ！》
「「わかったー！」」
《あ、フィート、これをお願いなの！》
《これで獲るのね。わかったわ》
僕が唖然としている間に、マイルは誘導に成功して戻ってきたフィートに大きな網を渡す。フィートは網を抱えてもう一度タコの群れの上に行くと、ボルトと協力して上手い具合に網を放った。
そして、その網をアレンとエレナ、ジュールとベクトルが手繰《たぐ》り寄せる。
《あと一息なの！》
「「《《そーれ！》》」」
僕が手伝う暇もなく、みんなはあっという間に網を引き揚げてしまった。
「「いっぱーい！」」
《おぉ～、大漁だ～》
《魚もいっぱーい！》
目的だったタコはもちろん、他にもいろんな魚や海藻《かいそう》が引き揚げられ、アレンとエレナ、ジュール、ベクトルは大喜びしている。
《お疲れ様なの！　凄いの！》
《あらあら、すごい獲れたわね〜》
《魚までこんなにいるとは思いませんでした》
マイル、フィート、ボルトは収獲された魚を見て、驚いたように目を丸くしていた。
「お疲れ様。ごめんな、何も手伝えなかったよ」
《お兄ちゃんの仕事はこれから！》
《うん、うん。兄ちゃん、美味しいご飯よろしく！》
「「ごは〜ん♪」」
何もできなかったことは謝れば、みんなから一斉にご飯を強請《ねだ》られた。
「了解。でも、その前にベタベタの身体と服を綺麗《きれい》にして、魚を集めような」
「「《《《《はーい》》》》」」
まずは《ウォッシング》と《ドライ》を駆使《くし》して、海水まみれの状態の自分達を綺麗にする。
ピチピチと跳ねる魚の回収作業をしたら、また汚れたり濡れたりするかもしれないが、今の状態のままだと身体に服が張り付いて動きづらい。魔力に余裕があるのだから、汚れたらもう一度綺麗にしたらいいだろう。
「じゃあ、手分けして集めよう」

「「《《《《おー！》》》》」」

はっきり言って、網を海から引き揚げるより、魚やタコを回収するほうに時間が掛かった。

食べられる魚の選別をしなくてはいけないのもあるが、生きた状態では《無限収納《インベントリ》》に入れることができないため、〆《しめ》る必要があったからだ。アレンとエレナも自分のナイフで手伝ってくれたが、やはり数が多かった。

ちなみに、そこそこの量を確保した時にそれとなく、残りは海に返そうと提案してみたが、全員から反対され、最後までちまちまと作業を続けることになったのだった。


「「《《おいしかった～～～》》」」

《《ごちそうさまでした》》

魚は新鮮なのでシンプルに塩焼き、タコは炊き込みご飯を作って、昼ご飯にした。

「新鮮な魚はやっぱり美味しいな～」

タコの旨味も食感も良かったし、子供達には感謝だな。

次はタコ焼きに挑戦したいな。タコ焼き用の鉄板はこの時のために用意してある。

しかも、青海苔《あおのり》にできそうな海藻も見つけたしね。というか、青海苔を作ったら、まずはのり塩を作ってポテトチップスが食べたいな！

「さて、午後はどうする？」

「『おおかみー！』」

「ん？　狼の毛皮か？　でも、そんなに都合良く見つけられるかな？」

低ランクのウルフなら見つけられるかもしれないが、貴族邸の敷物にできそうな個体を見つけるのは難しいだろう。

「あっ！」

「『んにゅ？』」

そういえば、ガヤの森で倒したレッドウルフやブラッディウルフがまだ《無限収納《インベントリ》》に残っていたな。

「毛皮あったわ！」

《兄様、毛皮って狼の？》

「そう、ブラッディウルフだったら、無傷のものがあるな」

アレンとエレナが蹴《け》り倒《たお》したものなので、一切傷がない。あ、空気弾で倒したものも傷はないか。

《ブラッディウルフなら、なかなか良い毛皮だね》

《そうね。まあ、フェンリルの毛皮に比べると劣るけどね》

《そりゃあ、ボクの毛と比べたらね！》

フィートの言葉にジュールは嬉しそうに尻尾を振る。

「『……じぃ～～～』」

そんなジュールを、アレンとエレナは真っ直ぐに見つめていた。
《アレン!?　エレナ!?　そんなにじっと見ても、ボクの毛皮は駄目だよ!?》
「「……みてないよ～」」
《見てたよ!?　狙っていた目つきだったよ!?》
「「ねらってない、ねらってない」」
先ほどまでジュールのことをじっと見ていたアレンとエレナが、そっと視線を逸らす。
《ねぇ、お兄ちゃん、見てたよ――》
「「とりゃー」」
《わぁ！》
ジュールの視線が僕のほうを向いた一瞬の隙をついて、子供達はジュールに飛びつき、ジュールの首をぎゅーっと抱きしめる。
アレンとエレナが狙っていたのは、飛びつくタイミングだったようだ。
《わ～、びっくりした～》
「「あったか、もふもふ～♪」」
二人はジュールの首筋に顔を擦りつける。
ジュールの毛はもふもふ、ふさふさだから、ああやって顔を擦りつけると気持ちいいんだよね～。
「アレン、ジュールのもふもふすき～」

「エレナもすき～」

アレンとエレナはへにゃりと笑う。可愛い笑顔だ。

そんな子供たちを見て、ジュールがこちらに顔を向けた。

《お兄ちゃん、ボク、ちょっと傍を離れていいかな？》

「いいけど……突然だな。どこに行く気なんだ？」

《フェンリルを探して、仕留めてくる！》

「えっ⁉　いやいやいや、何で⁉」

《ボクのは無理だけど、他のフェンリルの毛皮でアレンとエレナの着るもの？　毛布？　襟巻《えりまき》？

とにかく、そういうのを作るために！》

ジュールがやる気に満ちている。しかも、変換するならば〝殺《や》る気〟っていう感じだ。

「「……ジュール、どっかいっちゃうの？」」

ジュールの突然の宣言に、先ほどまで笑顔だったアレンとエレナがしょんぼりしている。

《えっ⁉　ど、どうしよう。アレンとエレナの傍を離れるのは嫌だけど……でもでも、触り心地の良い毛皮を持ってきたい。きゅ、究極の二択だ！》

ジュールがオロオロしだした。

「ジュール、落ち着け」

《だって、だって～……》

「アレンとエレナの傍にいればいいから」

《でも、それじゃあ、二人のために至高のもふもふを仕入れてこられない》

「野生のフェンリルの毛皮よりジュールのほうがもふもふだから、常に傍にいて抱きつかせてあげたほうがアレンとエレナも喜ぶよ」

僕の言葉に子供達が頷く。

《本当？》

「「うん、ジュールがいい！」」

アレンとエレナがジュールの首に再び抱きつくと、ジュールは嬉しそうに尻尾をぶんぶんと振る。

《……私の毛並みだって負けてないと思うんだけどね～》

ジュールの突拍子もない行動を止められたとホッとしていると、横からフィートの零す小さな声が聞こえてきた。

……これは拗《す》ねているのか？

「フィ、フィート？」

《何かしら、兄様？》

「フィートの毛並みも最高だぞ」

僕はフィートの首筋を撫でる。

フィートの毛は短めなのでふさふさっていう感じではないが、しっとりとした手触りなのでずっと触っていられる気持ち良さがある。

「フィートは～」

「つやつや～」

《あら、本当？　嬉しいわ》

ちょっと拗ね気味だったフィートは、アレンとエレナの言葉を聞いて機嫌を直す。

《オレは？　オレは？》

「ベクトルは～」

「ちょっと、ごわごわ～」

《ガーン……》

ベクトルの毛並みは少しばかり剛毛なんだよね。とはいっても、触り心地が悪いわけではない。

というか、ガーン……って、口で言っちゃうんだ～。

《兄ちゃん、毛をサラサラにする薬はないの!?》

「サラサラにか？」

残念ながら髪専用のシャンプーやリンスのようなものは持っていない。まあ、それは僕が知らないだけで、どこかにある可能性もなくはないが……普通は石鹸水《せっけんすい》で洗って香油を使う。

ベイリーの街でリスナー邸、王都でルーウェン邸にお世話になった時もそうだったので、これが一般的な感じだろう。

「香油を使ってみるか？」

《香油？》

「匂いがついた油だな。パサパサする髪をしっとりさせるのに使うものだよ」

香油はいろんな匂いのものがあって、花系や果実系、ハーブ系などあるが、確か無香のものもあったはずだ。

「でも、使う前に洗う必要はあるかな？」

《洗う⁉　それって濡れるってこと⁉　嫌だっ‼》

ベクトルに全力で拒否られた。

とりあえず《ウォッシング》で綺麗にしてから香油を塗ってあげるか？　いや、でもやっぱり洗ってからがいいよな～。どうするべきかな？

あ、でも、僕が持っている香油はハーブ系のものしかないから、まずは買いものからだな。

「どのみち、ベクトルが使うなら無香の香油を手に入れないといけないから、今は無理だな」

無香のものを買うついでに、違う匂いのものも買っておくか～。

僕やアレンは果実系の中でも柑橘系《かんきつけい》の匂いなら使えるし、エレナなら花の匂いとかでも気に入るものが出てくるだろう。

《大丈夫！　オレ、諦めたよ！》

「遠慮するな。ちゃんと用意しておくからな」

《に、兄ちゃん⁉》
とりあえず、洗う代わりに魔法で済ませられることはベクトルには言わないで、僕はにっこり笑っておいた。
ベクトルをからかい終えると、僕はボルトとマイルにも声を掛ける。フィートみたいに拗ねていたら困るからな。
しかし、ボルトとマイルは、自分達の毛がふさふさとはジャンルが違うことを自覚しているらしく、気にしていないようだった。まあ、しっかりと撫でておいたけどね。

◇　◇　◇

僕達はそのまま浜辺で夜を過ごし、翌朝を迎えた。
「さて、今日はどうしようか？」
朝ご飯をしっかり食べてから、本日の予定を決める。
「「ん～？」」
《遊ぶ！　って言っても、何で遊ぶかだよね～？》
《海の食材探し？》
《魚や海藻は昨日いっぱい獲りましたからね～》

《たくさんあっても良いじゃん！　もっと獲ろう》
《じゃあ、浅瀬じゃなくて、もっと深いところの魚なんてどうなの？》
　子供達は意見を出し合っていく。
「「さかな！」」
《うん、うん。いっぱいあるに越したことはないよね～》
《魚以外にも貝とかも探しましょうか》
《ついでに薬草も探すのもいいんじゃないですか？》
《何でも採っちゃえ！》
《決まりなの！》
　今日も何だかんだ、漁をすることになりそうだ。
　まあ、この世界だと遊ぶっていってもやることが限られているから、最終的にはどうしても採取とかになっちゃうんだよね～。
　ん～、《無限収納《インベントリ》》にある食材が貯まっていくな～。腐ることがないので売ることはあまりなかったが、少し売ったほうがいいかな？
「「……だめ？」」
「ん？　全然いいぞ？」
《でも、お兄ちゃん、微妙そうな顔をしていたよ？》

どうやら考え込み過ぎて、子供達に余計な心配をさせてしまったらしい。
「ごめんな～。新しい食材が見つかるのは嬉しいんだけど、最近は食材の消費量より収穫量の方が多いから、売ったほうがいいかな～って考えていたんだ」
《駄目ー！　食べるから売っちゃ駄目！》
僕の言葉に最初に反応したのはベクトルだった。
《そうね～。依頼とかで必要な分とか、知り合いにあげる分ならいいけど、それ以外は売らないで欲しいわ～》
《そうですね。兄上の《無限収納《インベントリ》》なら腐りませんし、荷物にもなりませんから売らないで欲しいです》
《タクミ兄、いっぱい食料を集めておいて欲しいの！》
フィート、ボルト、マイルも売るのは反対のようだ。
と、そこでジュールが提案してきた。
《お兄ちゃん、食料をいっぱい貯め込んでおいて、そのうちボク達と山籠もりとかしようよ！》
「「おぉ～、おもしろそう！」」
《そうね、楽しそう》
なるほど、オズワルドさんみたいに人のいない土地でのんびり生活するのもありか？　まあ、その場合はとりあえず短期間になると思うけどね。

そうなると簡単に買い出しとかができないから、いろんなものを貯め込む必要はあるな。不便な生活は嫌だしな！

「うん、わかった。食料は売らないことにする。山籠もりも楽しそうだしな」

「《《《《やったー》》》》」

「ただし！　さすがに根こそぎ採るのは駄目だよ。生態系が崩れたり、必要な人が採れなくなったりするのは問題になるからな」

「《《《《はーい》》》》」

うちの子達が本気を出せば、周囲一帯を根こそぎ採取とか簡単にできそうな気がするので、そこだけは注意しておく。

「じゃあ、人魚の腕輪を着けるか」

ベクトルは身に着けたままなので、僕は他の四匹に腕輪を着けていく。

「アレンとエレナはちゃんと着けられた？」

「だいじょうぶ！　つけたー！」

アレンとエレナは自分の鞄《かばん》から腕輪を取り出し、しっかりと装備していた。

「よし、じゃあ、とりあえず、沖のほうまで泳いでいくか！」

「《《《《おー！》》》》」

僕達は海に入り、まずは深海を目指す。

「ジュール達は海の中にすっぽり入るのは初めてだよな？　大丈夫か～？」
海の浅瀬で遊んだり、湖を泳いだり、温泉に浸かったりはしたことがあるけど、潜水《せんすい》は初めてだったよな？
《うん、大丈夫だよ～。楽しい～》
《兄様、私も問題ないわ》
《すみません、兄上、ぼくは泳ぐこと自体に慣れていないので、戦闘はちょっと無理そうです》
《むむ～、行きたい方向に行くのが難しい》
《大丈夫なの！　でも、みんなの速さにはついていけないの～》
まあ、概ね問題なさそうだな。
「ボルト、戦闘は僕に任せてくれていいから、ゆっくり慣れて」
「アレンがたたかう～」
「エレナにまかせて～」
……あ～、これは僕の出番がなさそうな気がするな～。
「ベクトルは落ち着こうか。手足はそんなにバタバタさせなくていいから、ゆっくり動かそう」
《こう？　あ、こうだね！　うん、何か大丈夫そう！》
「マイルは誰かに掴まろうか」
《わかったの！　フィート、掴まるの！》

《いいわよ～》

これで大丈夫だろう。

そうしてしばらく進んでいると、アレンとエレナが何かを見つけたようで、勢い良く海底に向かって泳いでいく。

「「あっ！」」

《むっ、海の中だとアレンとエレナの速さについて行けない》

《本当ね。あらあら、二人ともとっても生き生きしているわ～》

もう少し経験をしたら、ジュールとフィートも、きっとアレンとエレナみたいにすいすい泳げるようになるだろう。

僕もやっと泳ぎに慣れてきたところだが、ジュール達はあっという間に上達して、僕なんかよりももっと上手くなりそうな予感がする。

「おにーちゃん、みてみてー」

「きれいなはな、あったよー」

「はいはい、今行くよ～」

アレンとエレナに呼ばれて僕達も海底に向かうと、そこにはゆらゆらと揺れる黄色い花が咲いていた。

「お～、黄蝶花《きちょうか》だな」

「「きちょうか？」」

「アレン、これしらなーい」

「エレナも。これ、やくそう？」

アレンとエレナは薬草の事典や植物全集をよく読み込んでいるので、かなり詳しくなっている。

だが、本に載っていないものは知らなくても仕方がない。

「えっと……黄蝶花は一応、薬草になるのかな？　主に美容品に使われている花だな」

「「びようひん？」」

「女の人が使うものだよ。確かにこれは持っている事典には載っていなかったかな。最近本を買っていなかったし、街に着いたらいろんな本を買いに行こうか」

「「うん！　いっぱいかう！」」

次に行くルイビアの街では、本屋で買いものは決定だな。

《ねぇねぇ、これは採取するの？》

「そうだな、貴族の女性が求めるものらしいから、レベッカさんのお土産にいいかも」

「「おばあさま、よろこぶ？」」

「たぶんね」

「「いっぱいとる！」」

おばあ様――レベッカさんが喜ぶかもしれないと聞いて、アレンとエレナは張り切る。

「採り過ぎは駄目だぞ〜」

「「わかった！」」

……注意したものの、根こそぎ寸前まで採取してしまっていた。

まあ、黄蝶花はそこそこ貴重なものと言われているが、それは咲いている場所が海底で入手しづらいという理由からだ。繁殖《はんしょく》能力自体はかなり高いみたいなので……まあ、ギリギリセーフだろう。

「「ごめんなさ〜い」」

「最悪のところまではいかなかったから……まあ、よしとしよう。だけど、今度からは気をつけような」

「「はい！」」

「うん、良い返事！」

アレンとエレナは手を挙げて、元気よく返事をする。

しっかりと反省しているようなので、同じ過ちは繰り返さないだろう。

「さてと……じゃあ、先に進むか」

「「あのね、あのね！」」

「どうした？」

「「あっちにいくー！」」

もう少し深いところに進もうとすると、アレンとエレナが進みたい方向を指差す。

「あっち？　特に行く方向を決めていなかったらいいけど、何か見つけたのか？」
《お宝ー？》
《薬草じゃないかしら？》
《魔物ですか？》
《美味しいもの！》
《きっと鉱物があるの！》
ジュール、フィート、ボルト、ベクトル、マイルが順番に予想を挙げていく。
「「ん～、わかんない。でも……」」
「なにかー」
「あるー？」
アレンとエレナ自身もよくわからないようで、首を傾げている。
「まあ、いいさ。とりあえず、行くか」
「「《《《《《おー》》》》》」」
アレンとエレンが気になるってことは、何かがある可能性は高いだろう。
まあ、何もなくても適当にうろつく予定だったので、気になる方向に行くのは問題ない。
「「あっ！　カニ～」」
《あ、ずるい！　オレも行く～》

魔物が視界に入った瞬間、アレンとエレナが猛スピードで泳ぎ、そんな二人を慌ててベクトルが追いかけていく。

《わーお。凄い勢いで行っちゃったよ》

《ベクトルがどんどん離されているの！》

「だな。まあ、そんなに強敵ではなさそうだから大丈夫だろう」

少しでも危なそうなら止めるところだが、たぶん怪我をするような相手ではないので二人の好きにさせる。

「それにしても……」

《兄様、どうかしたの？》

「まだ遠目だから確証はないが、あれはサンドロブスターじゃないかな？」

《確かに、胴体が長く見えますね》

サンドクラブと似てはいるが、カニじゃなくてエビである。あれ？　ザリガニだっけ？　いや、まあ、エビでいいか。

《あ、もう倒したね》

《アレンとエレナが獲物《えもの》を引っ張って引き返してくるわね》

《まだベクトルが追いついていないんですけどね》

《あ、ベクトルとすれ違ったの！》

ベクトルは慌ててわたわたとUターンすると、再び子供達を追いかける。だが、やはりどんどん引き離されていく。

「ただいまー」

「お帰り。怪我は？」

「なーい！」

「それは良かった。ところで、ベクトルを待ってあげる気はなかったのかい？」

「ベクトルー？」

「アレンとエレナを追いかけて行ったけど、行きも帰りも置き去りにしてきただろう？　ほら、あそこ」

「んにゅ？」

一生懸命こちらに向かって泳いでいるベクトルを示せば、アレンとエレナは振り返り、首を傾げる。

「えっと……気づいていなかったのか？」

「えへへ～」

獲物以外は目に入っていなかったようだ。

《アレン、エレナ、ちょっとは待ってよ！》

「ごめんなさ～い」

子供達はへらっと笑いながらベクトルに謝るが、あまり反省はしていなそうである。

「ねぇねぇ、カニじゃなかったー」

それよりも……という感じで、子供達の興味は持って帰ってきたサンドロブスターに移ってしまった。

「ああ、うん。それはサンドロブスターね。カニじゃなくてエビだね」

「「エビ！」」

アレンとエレナの目がきらりと輝く。

「おっきい！」

「エビフライ！」

「「たべたい！」」

「この大きさで⁉」

「「うん！」」

サンドロブスターは子供達の身体の半分くらいの大きさはある。

「さすがにそのままの大きさだと火が通らないんじゃないかな？」

「「え～～～」」

見かけだけなら作れるかもしれないが、中が生だと嫌なのでちょっと止めておきたい。なのでそう言ったのだが、子供達から批判の声が上がる。

「ひと口サイズにしていろんな料理にして食べたほうが良くないかい？」
「「ほかのりょうり？」」
「そうだね、前に食べたことのあるエビチリ。あとはエビマヨ、エビの天ぷら、天ぷらをおにぎりの具にして天むす。クリーム煮とかも良さそうかな？」
とりあえず、思いつくエビ料理を挙げていくと、徐々に子供達の顔が輝いていく。いや、ジュール達もだから、みんなだな。
「「ぜんぶたべたい！」」
《聞いたことない料理ばかりだね！》
《全部の料理を食べるには、サンドロブスターが少なくない？》
《そうですね。ちょっと心許《こころもと》ないですね》
《狩る！》
《まずは見つけないといけないの！　探すの！》
巨大エビフライから意識を逸らせたかっただけだが、違うやる気を出させてしまったようだ。
「「しゅっぱーつ！」」
《《《《おー！》》》》
そこからの子供達の行動は早かった。
「「あっちいくー」」

《了解。あっちだね》
サンドロブスターを探して泳ぎだした。
「あそこー！」
「あっちにもー！」
早速サンドロブスターを見つけ、アレンとエレナが二手に分かれて向かっていく。
《待ってよ～》
《あらあら、本当に凄い勢いね～》
アレンのほうにジュールとボルトが、エレナのほうにフィートとベクトル、マイルがついていく。だいぶ泳ぎにも慣れたのか、ジュール達もそこそこの速さでアレンとエレナの後に続いていた。
「とぉー」
「やぁー」
しかし、慣れてきたとはいえ追いつくことはできず、アレンとエレナがあっさりとサンドロブスターを倒してしまう。
《う～む、まだ追いつけないか～》
《やっぱり地面を走るようにはいかないわね》
《さすがに飛ぶのとは勝手が違いすぎます》
《く・や・し・い～～～》

《水の中だとアレンとエレナの独壇場《どくだんじょう》なの！》

ほくほくとした様子で僕のもとに戻ってきた子供達と違い、ジュール達は複雑そうな表情をしている。

「アレン、エレナ、何かあっても困るからあまり飛び出しすぎないようにな」

「「は～い」」

一応注意しておいたが、狩りに夢中になったアレンとエレナは簡単には止まらず、サンドロブスターだけではなく、いろんな魔物を狩って回った。

「「あっ！」」

しばらくそうしていたのだが、アレンとエレナがまた何かを見つけたようだ。

《アレンエレナ、今度は何を見つけたの？》

「あそこ、あそこ」

「ネムリそうがあるの～」

ネムリ草は睡眠《すいみん》作用があり、不眠症を緩和《かんわ》させる薬に使われる薬草だ。

アレンとエレナは移動しては魔物を狩りつつ、しっかりと薬草採取も忘れない。二人らしいんだが――

「お～い。とっくに昼が過ぎているぞ～」

そろそろ中断しないと、昼ご飯抜きになってしまう。僕はいいんだが子供達の身体には悪いので、声を掛ける。
「「ごはん！」」
「そうだな。ご飯を食べないといけないし、そろそろ休憩もしないとな」
「「あぅ～、おなかすいた～」」
アレンとエレナは僕が指摘して、自分達のお腹が空いていることを自覚したようだ。
《それは大変！　早くご飯が食べられる場所に行かないと！》
《そうね、近くに島とか岩場があればいいのだけど～》
《とりあえず、海面に出ましょうか？》
《早く！　早く行こう！》
《タクミ兄、急いで海面に出るの！》
子供達がお腹を空かせていることに気づき、ジュール達は慌てだす。
「こらこら、慌てない。深海から急激に浮上したら身体に悪いって聞いたことがあるからゆっくりな」
《え、そうなの？》
「聞きかじったことだから本当かどうかわからないけど、用心して損はないだろう？」
確か、何度も潜水している人がなる病気だったっけか？　それなら関係ないかな？　ん～、僕達の身体は丈夫だし、いざとなれば魔法で治せばいいけど……いや、それでも急激に浮上は止めておいたほうがいいだろう。

　というわけで、僕達はある程度時間を掛けて海面へと浮上した。

「「ぷはぁ～」」

《あ、あそこに岩礁《がんしょう》がある！》

《小さいけど、私達だけなら休めそうね》

「そうだな。じゃあ、あそこに行こうか」

　周囲を見渡してみると、ちょうど良さそうな岩礁があったので、すぐにそこへ移動する。

「さてと、じゃあ、ご飯は何にする――」

「「エビー！」」

　人魚の腕輪をしていたお蔭で汚れたり濡れたりはしていないので、僕はすぐに昼ご飯をどうしようかな～と考え始める。

　すると、子供達がリクエストしてきた。だけど――

「楽しみにしているところ悪いが、エビは夜な」

「「えぇ～」」

「クリームパン、あんパン、カレーパン。ジャムや木の実のパン、それにサンドイッチ系……《無限収納《インベントリ》》にあるパンならすぐに食べられるからそれにしよう？　嫌か？」

「「やじゃない！」」

今から料理したのでは、ただでさえ遅めの昼ご飯がさらに遅くなってしまうので、エビは晩ご飯にして、昼は簡単に《無限収納《インベントリ》》にあるパンと温かいスープで納得してもらった。

「何のパンがいい？」

「「クリームパン！」」

《ボクはあんパンがいいな～》

《兄様、たまごサンドはあるかしら？》

《ぼくは……兄上のお勧めをください》

《オレはカレーパン！》

《わたしは木の実のパンがいいの！》

みんなのご指定のパン、ボルトにはツナオニオンパンを渡すと、やはりお腹が空いていたのか、アレンとエレナはすぐに食べ始めていた。

《兄ちゃん、オレ、ボルトが食べたパンも食べたい》

「アレンもー」

「エレナもー」

《ボクもー》

《兄様、私もいいかしら？》

ベクトルの言葉に子供達、ジュール、フィートが続く。

「もちろん、いいよ。ボルトとマイルはどうする？」

《ぼくももう一個お願いしていいですか？》

《わたしはもう大丈夫なの！》

マイルはパン一個でお腹いっぱいとのことで、二人と三匹にツナオニオンパンを、ボルトにはクリームパンを渡した。

そういえば、白餡とアマ芋——サツマイモのような野菜を使った餡を作ったけど、それでパンを作るのを忘れていた。ああ、それとイシウリ——カボチャっぽい野菜でも餡を作ろうとしていたんだっけ。あと、チョコレートを混ぜたクリームを作ってチョコクリームパンも良さそうだよな～。

惣菜《そうざい》パンももう少し種類を増やしたいよな～。今あるのはサンドイッチ系、ツナオニオン、カレー、ソーセージか？　あ～、でも、わざわざ惣菜パンでなくてもいろんなピザとサンドイッチを作って《無限収納《インベントリ》》に入れておけばいいか。あっ、ハンバーガーとかもいいかもな！

「食べ終わったら少し休憩して、ゆっくりと浜辺まで戻るからね」

「《《《《《はーい》》》》》」

休憩後、食材や素材を探しながらゆっくりと浜辺に戻っていく。その際、子供達はそれはもうたくさんの食材やら薬草を発見しては収拾していった。

浜辺に戻った僕達は、集めたものを確認してから、晩ご飯の準備を始める。

「さて、エビ料理を作るか！」

「「てつだうー！」」

予定通り、晩ご飯はエビ尽くしにしようと思う。

「まずはサンドロブスターの解体からだな」

何だかんだ解体は冒険者ギルドに頼むことがほとんどなので、【解体】スキルの熟練度は上がっていない。まあ、シルが熟練度の初期数値を熟練者レベルにしてくれているので、問題なく解体できるんだけどね。

「アレン、エレナ、これを揉み揉みして」

「「は～い」」

解体したサンドロブスターの身を大きめのひと口サイズに切り、それに塩と片栗粉《かたくりこ》をまぶして子供達に揉み込んでもらう。

「よく揉んだら水洗いして、水気をよく拭《ふ》き取《と》る。できる？」

「「できるー！」」

そのまま炒めてエビチリに、衣をつけて揚げたものをエビマヨにするかな。

天ぷらは……今度にしよう。やっぱり天ぷらは、いろんな野菜や魚介と一緒に作りたいからな。

あ、エビカツもいいかも。たっぷり作っておいて、パンに挟むのもいいな！　あとは殻が残るから、たっぷり使ってビスクを作るか。

それとホワイトソースに絡めてチーズを載せて焼くエビグラタンもいいな。あ、いや、下にご飯を入れてドリアのほうがいいか。
そう考えているうちに、アレンとエレナは作業を終えたようだった。
「「つぎはー？」」
「これを混ぜてくれるか？」
「「うん！」」
子供達に手伝ってもらいながらどんどんと料理を作っていく。
「よし、これで最後！」
「「できた～」」
《お～、いっぱい作ったね～》
《どれも美味しそうだわ～》
《食べたことない料理ばかりですね》
《お腹減った～》
《凄いの！》
僕達の言葉に、ジュール達が待っていましたとばかりに寄ってきて、目の前に並ぶ料理を見て感《かん》嘆《たん》の声を上げる。
《あ、そうそう。兄様、食後でいいから、あそこに積んであるものをしまってね》

「えっと……あれは何かな？」

《兄様達が料理している間、私達だけ休むわけにはいかないでしょう？　だから、いろいろ探してみたの》

フィートが示した方向には、魚などの食材や魔物の素材で小山ができていた。

どうやら、みんなで手分けして集めてきたらしい。

《頑張ったよ～》

《頑張った！》

ジュールとベクトルが〝えっへん〟と胸を張る。

「「がんばったね～」」

アレンとエレナがジュール達を撫でて回る。

「本当に凄いな～。みんな、ありがとう。頑張ってくれたからお腹が減っただろう？　ほら、料理が冷めるから食べるぞ」

「「《《《《うん！　いただきまーす！》》》》」」

ご飯を食べ始めると、みんなの勢いが凄かった。

「ちょっと、ちょっと！　もうちょっとゆっくり食べなさい」

エビ料理は大変気に入ってくれたようだが、早食いはいただけない。

「「おにーちゃん、ぜんぶおいしい！」」

《ボク、これ、マヨネーズを使っているのが好き！》
《私はスープが好きだわ～》
《兄上、白麦にこのトロっとした白いソースが絡むと美味しいですね！》
《もぐっ、むぐ！》
《ベクトル、呑み込んでから話すの！　タクミ兄、このサクサクしてる揚げたやつ、また作って欲しいの！》
サンドロブスターはたくさんあることだし、まだまだ作りたい料理もある。また近いうちにエビ料理を作ってあげよう。

閑話　シルの苦悩

「モ、モチじゃない⁉」

赤麦を送った後、僕、風神シルフィリールはわくわくしながら巧さんの反応を待っていた。

だが、巧さんが送ってくれたのは赤麦を使ったモチではなく、クレープという甘味だった。いや、このクレープが嫌だっていうわけじゃない。これだってとっても嬉しいし、美味しそうだ。

しかし、創造神のマリアノーラ様が食べたいと言っていたのはモチなんだよな～。

「いや、マリアノーラ様ならきっとクレープでも喜んでくださるよね！」

「なーに？」

「っ‼」

気を取り直すようにひとりごちたところで、突然、背後からマリアノーラ様の声が聞こえ、僕は驚きで身体をびくりとさせる。

「シルフィリール、今、私のことを呼んだでしょう？　あら、まあ！　これってもしかして！」

「た、巧さんが送ってくれました。クレープという甘味ですね」

「そうよね！　やっぱりクレープよね！　中身は何かしら？」

「えっと……確か、ベリーにカスタード、チョコレートですね」

「まあまあ！　私が一番好きなのは生クリームのチョコバナナなのだけど、その組み合わせもとっても美味しそうだわ！」

マリアノーラ様はクレープを見つめ、目を輝かせている。良かった。クレープでも大丈夫のようだ！

「みんなの分を送ってくれたので、サラマンティールとノームードルも呼んでみんなでいただきましょう」

「そうね！　――うん、二人ともすぐに来てくれるわ」

「ありがとうございます。――じゃあ、ヴィント、紅茶を用意してくれる？」

「かしこまりました」

マリアノーラ様は火神サラマンティールと土神ノームードルに念話で呼び掛けたのだろう、満面の笑みでテーブルと椅子《いす》を創造すると素早く席に着く。それを見て、僕はすぐに飲みものを用意するように、眷属長のヴィントに声を掛けた。

「来たぞー」

「お呼びですか、マリアノーラ様」

ヴィントが紅茶を用意する前にサラマンティールとノームードルがやって来た。早い。

まあ、マリアノーラ様からの呼び出しなら、最優先するからこんなものかな？

「おっ、もしかして、これはタクミから送られてきた食べものか！」

「また見たことのないものですね。楽しみです」

サラマンティールとノームードルもそわそわした様子で席に着く。

二人も巧さんが送ってくれる様々な食べものの虜《とりこ》になっているからね～、この反応も納得できる。

まあ、それは僕もですけどね！

「お待たせしました」

「待っていたわ！　さあ、早速いただきましょう！」

待っていた紅茶が届き、僕達はすぐにクレープを食べ始める。

「ん～～～！　美味しいわ～。さすがタクミさんね」

「おぉ～、美味いな！　シル、これは何だ？」

「クレープというものです。うん、本当に美味しい！」

「クレープと言うのですか。甘酸っぱい果実と甘いクリームが合いますね」

巧さんが作る食べものは、本当にどれも美味しい。

マリアノーラ様はもちろん、サラマンティールとノームードルも美味しそうに食べている。

「ふふっ」

クレープを堪能《たんのう》していると、マリアノーラ様が控えめにだけど笑い声を漏らした。

「マリアノーラ様、どうかしましたか？」

「私達って仲が悪かったわけじゃないけれど、こうやってみんなでお茶をするっていうことはあまりなかったのよね～」

「そういえば……そうですね」

「だな。顔を合わせるのはいつも、用件のある時だけだったもんな～」

「ええ、それも用件のある面々だけでしたね」

マリアノーラ様の言葉に僕は驚いた。確かに、僕達はこんな風にみんなで寛いだり……なんていうことはしたことがなかった。

サラマンティールもノームードルも、今気づいたとばかりに目を見開いている。

「ね、そうでしょう？　だから、こういうのも良いわ～と思ったのよ。ふふっ、これもタクミさんのお蔭ね～」

マリアノーラ様は嬉しそうに微笑む。

でも、そうかもしれない。巧さんがくれる食べものがなかったら、こんな風にみんなで集まってまったりしなかったと思う。

「でも、残念ながらウィンデルはいないのだけどね～」

しかし、マリアノーラ様のその言葉で、僕達三人の表情は一変する。

そうなのだ。水神ウィンデルがいないので、全員揃っているっていうわけではないのだ！

蜜月旅行《ハネムーン》に行くと言ったまま行方知れずの同胞が！　どうして何の音沙汰《おとさた》もないかなぁ!?

「……ウィンデルは本当に、どこを放浪《ほうろう》しているんだよ〜〜〜」

「ウィンデルは誰より自由だからな！」

「サラマンティールがそれを言うのですか？」

たぶん、僕は苦々しい顔をしているだろう。サラマンティールは愉快そうな顔、ノームードルは憮然《ぶぜん》とした顔をしている。

「あの子は自由気ままな気質ですからね〜」

「マリアノーラ様！　帰ってきたら説教だけじゃなく、ちゃんと罰も与えてくださいよ。巧さんにこれでもかってくらい迷惑を掛けているんですから！」

「え〜、でも、そのお蔭で私達もお零れを貰えているのよね〜」

「え？」

「ほら、タクミさんが子供達の面倒を見てくれているから接点があり、こうして美味しいものをお裾分《すそわ》けしてもらえるわけでしょう？　だから、ウィンデルのこと強く叱れないわ〜」

「……」

それはそうかも？　いや、でもでも、巧さんは僕の眷属だから、子供達のことがなくても接点はある……よね？

「そ、それとこれとは話は別ですよ」

「まあ、どうするかはウィンデルが帰ってきてからでもいいんじゃないか？」

「そうですね、ウィンデルの言い分も聞く必要がありますからね」

「それはそうだけど〜〜〜」

うぅ〜〜。サラマンティールとノームードルは直接関係ないから暢気《のんき》でいられるんだ〜。

「大丈夫よ、シルフィリール。ちゃんと考えておくわ」

「あとは、私達でできる支援を行えばいいのですね。ところで、このクレープに必要な材料は何ですか？」

「えっと……特に珍しい食材は使っていなかったかな？」

……ノームードル？　もしかして、また材料を送ってクレープを作ってもらおうとしている？

「ナナの実よ！　それと、生クリーム！　乳脂肪分の多いミルクね！」

「ナナの実ですか？　マリアノーラ様、このクレープにはナナの実は使われていませんでしたよね？」

「いいえ！　クレープもアイスクリームのようにいろんな味が楽しめるのよ！　そして、クレープはチョコバナナというものが王道なの！　それにはナナの実と生クリームよ！」

「なるほど、それは気になりますね」

……これって、やっぱり僕がチョコバナナのクレープを送ってくれと頼まないといけないのかな？

「「「シルフィリール」」」

三人が同時に僕のほうを見てくる。

……やっぱりね。

◇　◇　◇

「っ‼」

クレープを食べた翌日、巧さんからモチが届いた。

昨日クレープを貰ったばかりだから、モチを送ってくれるとしてもしばらく時間が空くだろうと予測していたのが、翌日に早速だなんて！　嬉しい誤算である。しかも、いろんな味が楽しめるようになっているではないか！

「早速みんなに……いや、待てよ？」

このモチをみんなで食べるのは、もう少し先送りしたほうがいいかな？　だって、次に巧さんが食べものを送ってくれるのがいつになるのかわからないしね。

みんなの〝次はまだか〟の視線を感じた時に出すというのも手だよな？

「シルフィリール？」

「うわっ‼」

「シルフィリール、駄目よ」

背後からマリアノーラ様に声を掛けられ、僕は慄《おのの》く。

「一人占めしようとしているわけじゃないから怒らないけれど、それはやってはいけないことよ」

「すみませんでした〜〜〜」

僕の考えなどお見通し、とばかりにマリアノーラ様が微笑んでいる。

甘味に関することを、僕がマリアノーラ様に隠し通せるわけがないんだよな〜。

「わかってくれて嬉しいわ〜」

というわけで、巧さん、モチはすぐにみんなで美味しくいただきました。

とても美味しかったです！

第三章　おばあ様と再会しよう。

「到着！」

「「ついた～」」

エビ料理を堪能《たんのう》した翌朝、僕達は真っ直ぐルイビアの街を目指した。

途中まではジュール達に乗って、街が見えた辺りで降りて、影に戻ってもらった。そこから歩き、昼を過ぎた頃には街に到着した。

「さて、まずはやっぱり一番にルーウェン邸に行こうかな？」

「「うん！」」

「おばーさまに」

「あいにいく～」

僕達は街に入ると、寄り道などはしないでルーウェン邸へ向かった。

「タクミさん！　アレンちゃん！　エレナちゃん！」

ルーウェン邸に着くと、すぐにレベッカさんが出迎えてくれた。どうやら、僕達がこの街に入るとすぐに邸《やしき》に連絡するように手配されていたらしく、待ち構えていたみたいだ。

……そういえば、ベイリーの街でも似たようなことがあったよな～。

「お帰りなさい！　待っていたわ！」

「レベッカさん、ただいまです」

「「おばーさま、ただいま～」」

レベッカさんは「いらっしゃい」ではなく「お帰りなさい」と言って、子供達だけじゃなく僕も一緒にがっつりと抱きしめる。さすがに気恥ずかしいので、僕だけは早々に解放してもらい、アレンとエレナを再び抱きしめてもらった。

「二人とも体調に変化はないかしら？」

「「げんきー！　おばーさまは？」」

「私も元気よ。じゃあ、楽しい冒険はできたかしら？」

「「うん！」」

「おはなし」

「いっぱい！」

「あらあら、それは楽しみだわ～」

レベッカさんは祖母というにはかなり若いが、このやりとりは本当に、祖母と久しぶりに会いに来た孫という感じである。

「タクミさん、今日はもう予定は入っていないわよね？」

「もちろん、ないですよ」

「良かったわ。それじゃあ、お茶を用意してもらうから、たっぷり聞かせてもらえるかしら？」

「「うん！　おはなしする〜」」

王都にあるものより遥かに広い邸《やしき》を案内されながら、僕達は談話室へと移動した。

「「あのね、あのね！」」

ふかふかのソファーに落ち着くと、子供達は早速とばかりにレベッカさんに話しかける。

王都を出発してバトルイーグルに会いに行ったこと、湖を見つけて泳いだこと、ケルムの街では採掘を体験したこと、温泉に入ったこと、飛竜に乗って隣国に行ったこと、グリフォンと戯《たわむ》れたこと、迷宮で遊んだことなど、二人は交互に話していく。

「まあ、まあ！　いっぱい冒険してきたわね〜」

「「うん！」」

こうやって改めて聞くと、短期間ながらいろんなことがあったな〜と思う。

「「あとね、あとね！」」

「おみやげ！」

「あるの！」

ああ、そうだ。お土産を渡すのをすっかり忘れていたな。

「あら、お土産？　何かしら？」

「「けがわー！」」

「敷物用の毛皮ですね。タイラントベアーとブラッディウルフです。ブラッディウルフのほうはまだ加工が終わっていないいんですが、ここと王都の邸《やしき》でぜひ使ってください」

僕はとりあえずタイラントベアーの毛皮の敷物だけを《無限収納《インベントリ》》から取り出し、レベッカさんに見せる。

「あらあら、これはまた凄いお土産ね～。あの時話したことをしっかり実現させてくれたのね～」

「おばーさま！」

「おぼえてる！」

「もちろんよ。二人と話したことはちゃんと覚えているわよ。二人ともありがとう」

「「えへへ～」」

レベッカさんの言葉が嬉しかったのだろう、アレンとエレナはへにゃりと笑う。

「「でもねー」」

「ドラゴンの」

「おにくはないのー」

しかし、すぐに二人は少しだけ表情をしょぼーんとさせる。

二人とも、ドラゴンの肉の話が出たのをしっかり覚えていたんだな～。

「残念ながらドラゴンとは遭遇しなかったので、お肉は用意できなかったんです」

「ふふっ、それは残念ね。でも、遭遇できなかったのなら仕方がないわ。いつでもいいから楽しみにしているわね」

「「がんばる！」」

レベッカさんは本気で言っているわけではないだろうが、子供達は本気である。ドラゴンを見つけたら全力で狩りに行きそうだな。

「「あとねー、きちょうかもあるの～」」

「きちょうか？　え、もしかして黄蝶花？　海中に咲いているっていう……あの？」

目をぱちくりとさせるレベッカさんに、僕は頷く。

「はい、その黄蝶花ですね」

「まあまあ！　黄蝶花を見つけるのは相当難しいと聞くのだけど、タクミさん達にかかれば造作もないのね～」

「アレンとエレナが見つけて、頑張ってたくさん採ってくれました」

「「いっぱいいつかって！」」

「あらあら、でも、せっかく頑張って集めたものなんですから、売って二人の好きなものをたくさん買ったほうがいいのではない？」

稀少《きしょう》なものを貰うのは悪いと思ったのか、レベッカさんはそう言った。

「「……いらないの？」」

レベッカさんが喜んでいないと思ったのか、アレンとエレナが悲しそうな顔をする。

「あらあら、アレンちゃん、エレナちゃん、勘違いしないで、違うのよ。いらないのではなくて、良い品ですから私にはもったいないと思ったのよ」

「「もったいない、ないもん！」」

レベッカさんは慌てて弁明するが、アレンとエレナは逆にレベッカさんの言葉にむすっとする。

「も～、可愛いんだから！　ふふっ、二人ともありがとうね。そうね、じゃあ、お言葉に甘えて一輪譲ってもらえる？」

「いちりん？」

「いっこ？」

「ええ、そうよ。一つあれば、いっぱい使えるもの」

「「そうなの？」」

黄蝶花をどうやって使うかは知らないが、抽出《ちゅうしゅつ》するか粉末にするんだろう。そこから美容品に加工という流れになるから、一輪からそれなりの量が作れるのかな？

「まあ、残りの黄蝶花は全部売るということはないので、欲しくなったら言ってください」

「ふふっ、タクミさん、ありがとう」

黄蝶花はたくさんあるからな。間違っても全部売るということはないだろう。それに――

「黄蝶花が生えている場所はわかっているので、また採ってくることもできますしね」

「『とってくる！』」

「あらあら、頼もしいわね～」

群生地があった場所はわかっている。少し期間を空ければきっとまた咲いているだろうから、欲しい時は採りに行けばいい。もし仮にあの場所に黄蝶花が咲いていなかったとしても、違う場所を探せばいいだけだしね。

「あと、お土産になりそうなものは……」

「さかなー」

「エビー」

僕が顎《あご》に手を当て考え込むと、アレンとエレナが元気よく手を挙げる。

「ああ、そうだね。新鮮な魚とか果物はいっぱいあげないとね」

「『きらきらー』」

「キラキラ？　えっと……水晶かな？　ケルムの坑道で掘った」

「あかくて」

「おっきいの」

「赤くて大きいの。それでいてキラキラ……ああ、紅玉《こうぎょく》か！」

鉱山の街ケルムの坑道で子供達が掘り出した、ルビーの原石のことだ。僕が持っていても使い道はないし、エレナが使うにはちょっと早いもんな。

僕と子供達の会話を聞いてたレベッカさんが、慌てた様子を見せる。

「ちょっと待って、タクミさん。魚や果物は嬉しいけれど、水晶と紅玉はさすがに受け取れないわよ」

「レベッカさんに貢《みつ》ぎたいんですが、駄目ですか？」

「あらあら、嬉しいことを言ってくれるわね～。でも、駄目よ。だって、充分貢いでもらっているもの」

売り買いしたら高価なものなのはわかっているけど、僕達の場合は自力で手に入れたものばかりだから、気にしなくてもいいんだけどね。まあ、常識からは少々外れている品だから仕方がないか。

「残念。アレン、エレナ、宝石類は他の機会を狙おう」

「「ほかのきかい？」」

「誕生日とかのお祝いの贈りものにしよう」

「「わかった！　ねらう！」」

今度からは、渡すものの名前を先に出しては駄目だな。しっかりと梱包《こんぽう》しておいて、何かわからない状態で受け取ってもらおう。

今夜の晩餐は、レベッカさんの長男でルイビアの領主代行を務めるグランヴェリオさん――ヴェリオさんと、奥さんのアルメリアさんも合流して、食事を一緒に摂《と》ることになった。

「「おっきい～」」

「おなか」

「ぱんぱん？」

アレンとエレナは妊婦さんを見るのが初めてなので、アルメリアさんのお腹を見て目を丸くする。

王都で別れた時は、アルメリアさんのお腹もまだそこまで大きくなっていなかったが、今ではすっかり〝妊婦さん〟という感じだな。

「アレン、エレナ、ご飯でお腹がいっぱいなわけじゃないからな」

「「ちがうー？」」

「ふふっ、お腹に赤ちゃん、子供がいるのよ～」

「「こども！」」

二人はレベッカさんの言葉に驚き、アルメリアさんのお腹を凝視する。

「アレンくん、エレナちゃん、いらっしゃい。撫でてあげてくれる？」

アレンとエレナはアルメリアさんに寄って行くと、恐る恐る彼女のお腹を撫でる。

「「わぁ！」」

「ふふっ、こんにちはって挨拶してくれたみたいね」

二人がお腹を撫でた時、胎児《たいじ》が動いたのだろう。アレンとエレナはまた驚いたように目を見開いている。

「ヴェリオさん、アルメリアさんの出産はいつ頃の予定なんですか？」

「来月の予定だよ」

「そうなんですか！　楽しみですね」

身近な人のところに子供が生まれるというのは、アレンとエレナにとっては貴重な機会だよな〜。というか、僕にとっても初めてだ。甥《おい》っ子か姪《めい》っ子が生まれるようで、ちょっとドキドキする。

「生まれたらお祝いしないとね」

「「おいわい！」」

僕のところに戻ってきたアレンとエレナに静かに耳打ちすると、二人の目がきらりと輝く。

さすがに生まれたばかりの子供には、さっきレベッカさんに断られた宝石の贈りものはしないが、今から何か良いものを探しておかないとな！

引き続き楽しく会話をしながら食事を終えたが、子供達がまだまだ話し足りない様子だったので、僕達は談話室へと移動することにした。あ、身重のアルメリアさんだけは自室へと戻って行ったけどね。

「そうだ、タクミくん。子供達にお願いがあるんです。聞いてもらえますか？」

そこでヴェリオさんが、相談を持ち掛けてきた。

「子供達にお願いですか？　えっと、何ですかね？」

「タクミくんは弟が――ヴァルトが結婚することになった話は聞いているよね？」

「ん？」

一瞬、ヴェリオさんが何を言っているのかを理解できなかった。

「えぇぇぇー!?　け、結婚!?　ヴァルト様が!?」

僕は思わず絶叫してしまう。

だって、ヴァルト様が結婚だなんて、全然想像がつかないじゃないか！

ヴァルト様――ルーウェン家の次男であるグランヴァルト様は、僕がこの世界で最初に訪れた街、シーリンでお世話になった騎士だ。今では王都に移って近衛騎士《このえきし》だけどね。

とっても良い人なんだけど、なんというか豪快で、あまり色恋沙汰には興味がない人だと思っていた。

「……聞いていないんだね。――母上、話しておいてくださいって言いましたよね？」

「ふふっ、アレンちゃんとエレナちゃんの話を聞くのに夢中になって、忘れていたわ。ごめんなさい」

あ～、確かに僕達の話をするばかりで、レベッカさん達がどう過ごしていたかなんて全然聞かなかったもんな～。これは話を振らなかった僕も悪いな。

「ヴァルト様が結婚するのは冗談ではなく、本当なんですか？」

僕の言葉に、ヴェリオさんはくすくすと笑う。

「本当だよ。こんな冗談はさすがに言わないからね！」

「いや〜、信じられないので……」

「まあ、そうだよね。結婚なんて興味はなさそうな弟だからな〜。でも、本当だよ。それで、結婚式は冬に行う予定なんだが、タクミくん達も出席してもらえるかな？」

「え、早くないですか？」

冬？　冬ということはだいたい半年後か？

貴族の結婚って、まずは婚約《こんやく》して、年単位でしばらく経った後に結婚……というイメージがある。なのに、半年後ってかなり急だよね？

「まあ、そうだね。貴族としてはかなり早いかな。でも、前例がないわけじゃないから問題ないよ」

「そうなんですね。結婚式にはもちろん出席させてください」

「そうか。ありがとう」

ヴァルト様が畏《かしこ》まった姿はぜひ拝んでおかないとね！

「でも、貴族の結婚式なんですよね？　僕なんかが出てもいいんですか？　それに、〝達〟ということは、アレンとエレナもですよね？」

「もちろん、大丈夫だよ。ヴァルトは嫡男《ちゃくなん》ではないし、本人達の希望であまり格式ばったものではなく、親しい人達だけを招待して行う予定なんだ。だから、アレンくんやエレナちゃんも出席してくれると嬉しい。というか、お願いがここに繋がってくる」

「ああ、そうでした。すみません、ヴァルト様の結婚があまりにも衝撃的過ぎて、その話のことを忘れていました」

「私も最初に聞いた時は驚いたから仕方がないさ。でな、子供達にヴァルトの結婚式の手伝いをして欲しいんだ」

「式の手伝い……ですか？」

結婚式での子供達のお手伝いと言えば……あれか？　新郎新婦の歩く道に花を撒《ま》いたりするやつ。

「花びらを撒く役、と言えばわかるかな？」

ああ、やっぱり。この世界の結婚式でもそういうのはあるんだな～。

「はい、わかります。……けど、そういう役目は親戚《しんせき》の子がやるものではないんですか？」

「あら、アレンちゃんとエレナちゃんは私の孫で、ヴァルトさんの甥っ子姪っ子でしょう？　何も問題ないわ！」

ヴェリオさんに問いかけたが、レベッカさんがさも当然のように回答してくる。

しかし……レベッカさんの言う続柄になると、アレンとエレナは僕の弟妹ではなく子供ということになるんだよな。まあ、たとえだから別にいいんだけどね～。

「アレン、エレナ、どうする？」

「「おてつだいする！」」

アレンとエレナは二つ返事で引き受けた。まあ、断ることはないとは思っていたけどさ。

「じゃあ、白い花びらを今からいっぱい集めておこうか」

「「あつめるー！」」

結婚式は冬だから、その頃になると咲いている花は少なくなっているだろう。なので、今からたっぷりと花を集めておいて、《無限収納《インベントリ》》で保管しておこう。

あ、結婚祝いの贈りものも用意しないと！　どうせなら〝これでもか〟というくらい豪勢《ごうせい》にお祝いしてあげようじゃないか！

「本来、冬の結婚式は花をかき集める必要があるのだけど……タクミさん達にかかれば苦労せずに済みそうね」

「ええ、それも他とは比べものにならないくらいとても豪華なものなりそうですね」

レベッカさんとヴェリオさんが苦笑して、こちらに向き直る。

「タクミさん、あまり頑張り過ぎないでね」

「そうだよ、タクミくん。常識的な範囲……をちょっと超えたくらいまで抑えてくれると嬉しいかな」

どうやら、僕達がやろうとしていることを想像しているようだが……どんな想像をしているのだろう？　これは期待に応えて凄い花を用意したほうがいいのかな？

いや、でも、ヴァルト様が主役である場で、ヴァルト様の怒声、もしくは説教が響くのは良くないよな～。お嫁さんに悪いし。

ん～、じゃあ、できる限りの用意はしておいて、採用されるかどうかはルーウェン家の皆さんに任せよう。

「わかりました。というか、僕だけではどこまでが大丈夫なのかわからないので、準備が始まったら指示してもらえると嬉しいです」

「タクミくん、本当にほどほどにね。予算も際限なしにあるわけではないしね」

「いやいや、予算って何を言っているんですか。料金を取るつもりはありませんよ。なにせ、身内のお祝い事なんですから」

「え？」

ヴェリオさんが唖然《あぜん》とした声を出す。

ははは～、レベッカさん達が僕達のことを身内として扱ってくれるなら、それを利用しないとね。

「ね、アレン、エレナ、ヴァルト様のために頑張ろうね」

「「うん、おいわい、がんばる！」」

「あらあら」

張り切る子供達を見て、レベッカさんは〝仕方がないわね～〟と言いたげな表情で微笑んだ。

「結婚式の準備、僕達で他に手伝えることはありますか？」

「タクミさん、ありがとう。でも、気持ちだけ受け取っておくわ」

聞くところによると、どうやら結婚式の準備は王都のほうで進めているようで、こちらでやることは特にないそうだ。なので、僕達は花の収集と贈りものの準備に全力を注ぐことにした。

あ、ちなみにヴァルト様の結婚相手についても聞いてみたが、ガディア国の侯爵令嬢であることと、銀髪に青い瞳という簡単な容姿しか教えてもらえなかった。どうやら、人伝《ひとづて》の情報だけでどんな人なのか判断して欲しくないらしい。

まあ、残念だがレベッカさんの言うこともわかるので、これ以上は聞かないことにした。

そして、話のキリが良いということで、そろそろ寝る準備をすることにした。

子供達はまだまだ話し足りなさそうにしているが、しばらくはこの街に滞在するからいつでも話させると説得してね。

「ここよ」

部屋までは、レベッカさんが自ら案内してくれた。

「広っ！」

「「ベッドないよー？」」

「ふふっ、寝室はほら、あそこの扉の先よ」

「え、寝室が別!?」

驚きで目を丸くする僕に、レベッカさんが笑みを浮かべる。

「一応、タクミさんの好みから外れないようにしてみたのだけど、どうかしら？」

「ぼ、僕の好み？」

「ええ、だって、ここはタクミさんの部屋ですもの。自室は落ち着くようにしないとね」

「っ!!」

案内された部屋だが、客間ではなく僕の部屋だと言われてかなり驚いた。というか、恐縮《きょうしゅく》した。

しかも「アレンちゃんとエレナちゃんの部屋も用意しようとしたんだけど、今用意しちゃうと嫌われそうだから、もうちょっと大きくなったらね」とも言われた。

ということは、やはり一時的な部屋ではなく、半永久的に僕の部屋として使うために用意してくれたのだろう。

「ああ、気に入らなかったら直してもらうから言ってちょうだい。もちろん、配置を変えたかったり、足りないものとかがあったりしたらすぐに言ってちょうだい」

「いえいえ、気に入らないとかないですよ！　ただ、僕の部屋なんて申し訳なくて……」

「ずっといて、と言っているわけじゃないのよ。ただ、ここにはあなたの場所があるんだし、たまにでいいから帰ってきてくれればいいの。今日は来たばかりで疲れたでしょう？　ゆっくり休んでね」

「「おやすみ～」」

そうしてレベッカさんは、言うことだけ言って、さくさくと引き上げていった。

レベッカさんの懐の広さが改めて身に染みた。というか、泣きそうになってしまったのだった。

◇　◇　◇

「ん？」

寝る準備ができてキングサイズのベッドの上で寛いでいると、窓をコツコツ叩《たた》く音が聞こえてきた。

「『おにーちゃん、なーに？』」

「ん～、鳥がいるな」

「『とりー？』」

ゆっくりと窓に近づけば、朱《あか》い小鳥が窓を突いている。僕が窓を開けると、朱い鳥は迷いなく窓際のテーブルの上に止まった。

『ククー』

「えっと……？」

人懐っこそうな鳥である。

「あっ、もしかしてライラかな？」

『ククー』

肯定するように朱い鳥が鳴く。オズワルドさんの従魔のライラで合っていたらしい。

話には聞いていたので、朱い鳥という特徴で、鑑定する前にすぐに思い浮かんだ。

しかし、エデンバードってもっと大きい個体だと思っていたんだけど……あ、ジュール、フィート、ベクトルと同様に【縮小化】スキルを持っているから、それで身体を小さくしているのか！

「そうだよな。大きい姿のまま街に来たら驚かれるし、下手したら襲いに来た魔物だと思われるもんな」

僕もジュールを街までおつかいに出したことがあるが、その時もジュールには小さくなって行くように言ったもんな～。

「もしかして買い出しのおつかいかな？」

オズワルドさんもマーシェリーさんも、食材以外の物資が不足気味だと言っていたから、早速買い出しの依頼だろう。

『ククー』

「え？　ええ⁉」

「「わぁ～」」

ライラが再び肯定するかのように鳴くと、テーブルや床一面にいろんなものが現れた。その中には籠いっぱいの野菜や果物もある。

「あ、マジックリングか！」

マジックリングはマジックバッグと同様の機能がある魔道具の腕輪だ。ただし、マジックバッグよりも稀少でかなり珍しい。ライラはそれを持っているようだ。

「とりあえずは……これかな？」

僕はテーブルの上にある手紙を手に取る。

「えっと……」

手紙には、早速で申し訳ないが買い出しをお願いしたいという旨の内容が書かれていた。

僕達がルイビアの街に来るというのは話していたので、僕達の居場所がわかっているうちにライラとの顔合わせがてら……ってところだろう。

それと、大量にある野菜や果物はお世話になる邸《やしき》に差し入れてくれとのことだった。僕達が知り合いに会いに行くというのも話したから、気を利かせてくれたのだろう。

「えっと、買ってライラに持たせるものは……鍋と食器、布と紙」

買って欲しいもののリストを見てみると、食材などはほとんどなく、生活に必要な消耗品類が多かった。やっぱりいろいろなものが不足していたんだろうな。

「あとは、適当に小説系の本ね」

これは娯楽品だから、買い出しの前任者がめんどくさがって買ってもらえなかったのだろう。オズワルドさんが持っている本のラインナップがわからないけど、比較的新しいものを選べば大丈夫かな？

代金については、魔物の素材を持たせるので、手間かもしれないがそれを売って代金にしてくれということだ。しかも、余ったお金は手間賃なので、くれぐれも返してこないようにと書かれていた。

「……これは明らかに素材の量が多いよ」

毛皮や牙《きば》などが多いが、かなりの量がある。

「「これ、すごーい」」

しかも、その素材の中には子供達の身体くらいの朱い羽根まであった。

「これ、もしかしなくてもライラの羽根かな？」

『クク ー』

ライラに問いかけてみれば、すぐに返答がある。肯定っぽいな。

Aランクのエデンバードの羽根なんかあったら、お釣りが手間賃などと言うにはかなり無理がある。しかも〝返金不可〟と書いてあるあたり、僕がそうしようとすることも予想済みなのだろう。

「さすがに手持ちのものだけじゃ揃わないから、明日買いものに行くか。ついでにいろいろ、本当にいろいろ買って持って帰ってもらおう」

「「おかいものいく〜」」

返品、返金ができないのであれば、〝これでもか〟というくらいの品物を持って帰ってもらおうじゃないか！

「ライラ、明日には品物を揃えるけど、それまでどうする？　その姿ならここに泊まって一緒に買いものに行くこともできるよ」

『ククー？』

さすがに今すぐに全部は用意できないので、ライラにはものが揃うまで待機してもらわないといけない。

なので、待っている間どうするか聞いたのだが、ライラは首を傾げて固まってしまった。

「「ライラー？」」

ライラの反応にアレンとエレナも首を傾げる。

「えっと……ライラは前の人の時はどうしていたんだ？　街の外で待っていたのか？」

『……ククー』

「え、じゃあ、翌日に荷物を受け取りにまた来る感じか？」

『……ククー』

「なるほど」

ライラが小さく鳴きながら、僅《わず》かに頷く。

ということは、買いものに誘われたのが初めてで、どうしていいかわからず固まってしまった感じかな？

「じゃあ、一緒に行ってみようか。それで何か気になるものがあれば買ってみるのもいいと思う」

「いっしょに～」

「おかいもの～」

アレンとエレナは賛成のようだ。ライラからの返答はないが、嫌ではないみたいだな。

僕はライラが持ってきてくれたものを《無限収納《インベントリ》》にしまい、次に籠と布を取り出してライラのための寝床を作ると、呆然《ぼうぜん》としているライラをそっと持ち上げて籠に入れる。

「それじゃあ、もう寝るぞ～」

「「うん、おやすみ～」」

「はい、おやすみ」

僕は部屋の灯りを消して眠りについた。


翌朝、僕達は朝食を済ませると、早速買い出しのために出かけることにした。

「「まずは～？」」

「まずは冒険者ギルドに行くよ」

「「ギルド～」」

『ククー』

冒険者ギルドで、オズワルドさんから受け取った素材を売却してお金を用意する予定だ。

換金しなくてもお金はあるんだが、一応オズワルドさんのそれ用のお金と自分のお金は分けるつもりである。

「おはようございます。ご用件をお伺《うかが》いいたします」

「「おはようございます」」

ギルドの受付に着くと、受付嬢がにこやかに挨拶をしてくれ、アレンとエレナもにこやかに返している。すっかり人見知りが緩和されたよな～。

「素材の売却をお願いします。あ、それなりの量があります」

僕はギルドカードを提示しながら用件を伝える。

「かしこまりました。それでしたら、あちらのスペースにお願いします」

「はい、わかりました」

僕は受付嬢が示した広めのテーブルのようなカウンターに、売却する素材を出していく。ちなみに、ライラの――エデンバードの羽根だけは売らずに取っておくつもりだ。

エデンバードの羽根を売るのはもったいない気がするし、それ以外の素材だけで買いものに必要なお金は充分に手に入るだろうからな。

「これで全部ですね」

「素晴らしいですね。では、査定しますので少々お待ちください」

「あ、これとは別に一体解体をお願いしたいんですが……」

「では、そちらも一緒にお預かりします。――っ!!」

ついでにルーウェン家のお土産になる予定のブラッディウルフの解体をしてもらおうと、死骸《しがい》をカウンターに載せる。すると、受付嬢は息を呑んだ。

「ブ、ブラッディウルフ⁉　これをどちらで⁉」

「あ、ここら辺で遭遇したわけじゃないんで大丈夫ですよ」

「で、ですが……まだ、温かいですよ⁉」

《無限収納《インベントリ》》に入っていたので、死骸が獲りたてのように新鮮である。まあ、この街の近くでブラッディウルフが出没したとなると大事だからな、受付嬢が慌てるのも仕方がない。

「倒したのはガヤの森ですから、落ち着いてください」

「……ガヤの森。あ、そっか、マジックバッグ……かなり良いものをお持ちなんですね。本当に大変失礼しました」

僕は《無限収納《インベントリ》》からものを出す時、マジックバッグから取り出している風を装っている。《無限収納《インベントリ》》は時空魔法の一種で、使い手が全くいないわけではないが、珍しいので騒ぎにならないようにしているのだ。マジックバッグなら、そこそこの人が持っているからな。

とはいえ、時間経過が遅くなるマジックバッグは珍しいので、受付嬢はそのことについては端《はな》から頭になかったのだろう。

「こちらは解体……ということは売ってはいただけないのですか？」

「毛皮で敷物を作りたいので、売るのはちょっと……」

「で、では、お肉だけでも！」

落ち着きを取り戻した受付嬢は、何とかブラッディウルフの素材を手に入れようと交渉を持ち掛けてくる。

「おにく」

「だめー」

しかし、アレンとエレナが肉を売ることに反対した。

そういえば、ブラッディウルフの肉は……食べたことがないのか？

「えっと、申し訳ありませんが、売ることはできないですね」

「……残念です」

子供達の意見が第一なので、売却は断ることにした。

もう一匹ブラッディウルフを出すこともできるが、それは何となく止めておいた。

「それではこちらが代金となります。またお願いしますね」

素材を売却したお金を受け取り、解体したブラッディウルフは後で取りに来ることにして、いよいよ買い出しを開始する。

「「つぎはー？」」

「ん～、必要そうなお店は片っ端からかな？」

「「かたっぱし？」」

「全部っていう意味だよ。順番にお店を覗《のぞ》いて行こう」

僕の言葉に、アレンとエレナは大きく頷く。

「「わかった！　じゃあ～」」

「さいしょは」

「あそこー」

二人が指したのは、パン屋だった。

「「パンやさん～」」

「食材は頼まれていないけど……そういえば、菓子パンとかの存在を教えるのを忘れていたな」

菓子パン――ジャムパンやクリームパン、あんパン。それに木の実のパンならオズワルドさんも大丈夫だ。あ、でも、この街ではまだカスタードクリームや餡子の作り方を教えていないので、クリームパンやあんパンは売っていないだろうな。なので、ジャムパンと木の実のパンだけでも買うことにしよう。

さすがにパン屋の中にライラを連れて行くわけにはいかないので、屋根でちょっと待ってくれるように言って店に入る。

「……あれ？　クリームパンがある？」

中に入って商品を見ると、普通にクリームパンが売っていた。

「お兄さん、運が良いね！　いつもならクリームパンはすぐ売り切れてしまうんだが、今日はまだ残っているよ！」

「え、じゃあ、残っているの全部ください」

反射的にクリームパンの買い占めをしてしまう。残っているのがあと三個だからな、言っておかないとなくなってしまう。

「あと、それとそれ、こっちのも三個ずつお願いします」

他にもあんパンやマローパンなども並んでいたので、ジャムパンを含め、オズワルドさんが食べられそうなもの全種類、数を揃えて購入する。

ライラが身に着けているマジックリングには時間経過が遅くなる効果はないみたいだし、オズワルドさんがその手のマジックバッグを持っているかどうかも知らないので、大量に買わないようにしておく。

「……帰ったらレベッカさんにお礼しないとな～」

きっとレベッカさんがパン屋の後ろ盾をしていて、それでクリームパンのことが伝わっていたんだろう。しかも、冒険者ギルドのすぐ傍のパン屋だなんて、僕達が立ち寄りやすいことなどを考えてくれていたんだな。

と、そこでアレンとエレナに袖を引かれる。

「「おにーちゃん」」

「ん？　どうした？」

「アレンもたべたい」

「エレナもたべたい」

「え、パンを？　朝ご飯を食べてからそんなに経っていないだろう？」

「『はんぶんこするから～』」

僕は子供達のおねだりには弱いんだよな～。しかも、僕が駄目って言い辛いように、前もって半分ずつにするって言うし！

「ん～～～、ライラにも分けてあげるならいいよ」

「『わ～い』」

「それで、どのパンにする？」

「『マローパン！』」

……返答が早い。食べる気満々だったのか、食べるパンの種類は既に決まっていたようだ。僕が許可してくれると疑わなかったのだろう。

兄としては、たまにはきっぱりと拒否したいところだが、アレンとエレナって絶対に駄目だと注意しないといけないことはしないんだよ。

弟妹が良い子なのを誇ればいいのか、兄として威厳《いげん》を発揮するところがないのを嘆《なげ》いたらいいのか……難しいところである。まあ、どちらかといえば、誇るほうでいいだろう。

「ライラ、おまたせ～」

『ククー』

お店を出ると、アレンとエレナはすぐにライラを呼ぶ。

すると、ライラはすぐに飛んできて、僕の肩に止まった。

「ライラ、これをマジックリングに入れてくれるか？」

『ククー』

人目がなかったので、買ったばかりのパンはライラのマジックリングにしまってもらう。もちろん、マローパンの一つは取り出してね。

「……んん～？」

そのマローパンをアレンに渡すと、アレンは真剣な顔をしながら丸いマローパンの三分の一を千切る。

「はい、エレナ」

「は～い。はんぶん、はんぶん～♪」

アレンから三分の二のほうのマローパンを受け取ったエレナは、楽々とパンを半分に千切る。

「はい、ライラのぶん！」

『……ククー？』

エレナがマローパンを差し出すと、ライラは不思議そうに首を傾げる。

たぶん、パンを差し出された意味がわからないのだろう。

なので、僕がライラの代わりにパンを受け取り、さらにひと口サイズに千切ってライラの口元に運ぶ。

「マローの実を使ったパンだよ。ライラも食べてみないかい？」

ライラは口元のパンと僕を交互に見ると、恐る恐るパンを食べる。

『……クー！』

「おいしい？」

『クー！』

パンを食べたライラの鳴き声は、明らかに上機嫌なものだった。

どうやら気に入ってくれたようなので、僕はさらにパンを千切ってライラの口元に運ぶ。すると、ライラは三分の一のパンをあっという間に食べてしまったのだった。


食べ歩きと言うほど長い時間ではないが、少しの時間パンを食べながら歩いて店を覗く。

食器を売っている店を見つけると、小皿や大皿、小鉢などを十個ずつ購入していき、金物屋を見つければ、鍋に小鍋、フライパンなどいろいろな大きさのものを幅広く買い込んだ。

あとは樽《たる》や籠、瓶《びん》や壺《つぼ》などもひと通り調達する。一応、野菜などを入れてくれた籠などは入れ物を移し替えて返しているが、あって困るものではないと思い購入することにした。マジックリングの容量は大きいようなので、置く場所に困るということはないだろうしね。

続いて、茶葉を売っている店では良く売れているものを教えてもらって三種類ほど、ほどほどの量で買った。茶葉はあまり多いと悪くなるしな。

布屋では指定された白と黒の布、その他にも僕の独断でオズワルドさんに似合いそうな濃緑、使い勝手の良さそうな茶色とグレー、紺色《こんいろ》などを、それも手触りの良いものを選ぶ。それぞれ、巻いて置いてあるものをそのままと、糸もあわせて購入した。

「――さて、大量の紙とついでにインクも買ったし、次は本屋かな」

「「ほんや～。あそこ！」」

僕の呟きに子供達はすぐに反応して、本屋を探し出す。

「いらっしゃい」

「こんにちは」

「「こんにちは～」」

店の人らしき青年に出迎えられて店内を眺めてみれば、なかなか品揃えが良さそうである。だが、商品があり過ぎて選ぶのが大変そうだ。

まあ、どれがいいかは、直接聞くのが一番だろう。

「物語系の読みもので、わりと新しめのものが欲しいんですが、お勧めはありますか？」

「ん～、そうだね、これとこれは売れているよ。あと、これは人気作家の新作だけど、だいぶ前に出ている前作との関連があるから、合わせて読むことをお勧めするかな。あ、でも、新作単体でも読めるような作風だから、これだけでも問題ないよ」

前作との関連……シリーズものってことかな？　ん～、前作がだいぶ前から売っているのか～。オズワルドさんが前作を読んでいるかわからないな。でも、単体でも読めるなら新作だけにしておくか。

「どれも二冊ずつありますか？」

「ん？　あ、うん、どれも人気だから置いているよ」

「じゃあ、それを二冊ずつと前作を一冊。あ、会計は別々に分けてもらっていいですか？」

お勧めの本はついでに自分の分も確保しておこう。

「もう少し欲しいんですが、何かありますか？」

「そうだね～……ちなみに新しめのものを指定しているのは、どうしてだい？」

「知り合いから頼まれているんですけど、読んだことのあるものを知らないんですよ。ただ、しばらくは買う機会がなかったようなので、新しめのなら大丈夫かな～と」

「なるほど、そういうことならごく最近のものじゃなくても、数ヶ月くらい前に出たものでも大丈夫かな？」

「はい、そのくらいなら大丈夫だと思います」

「それなら……」

お兄さんは本を次々と選んでくれる。

僕が読んだことのないものばかりだったので、複数置いてあるものは僕の分も確保し、一冊しかないものはオズワルドさん用にする。

「このくらいでどうだい？」

「そうですね。このくらいあればいいかな。じゃあ、先にこっちのものだけお会計をお願いします」

まずはオズワルドさん用の本の会計を済ませる。

「アレン、エレナ、何か良いものはあったかい？」

「「うん！　これ、ほしい！」」

お兄さんに本探しをしてもらっている間、アレンとエレナには子供向けの本が並んでいる棚を物色してもらっていたんだが、いくつか良いものがあったようだ。

「了解。じゃあ、そこに載せておいて」

「「は～い」」

「本当に気前がいいね。一度にこんなに買うお客様はあまりいないよ」

お兄さんは感心というより、若干呆れたような表情をしている。

本がそんなに高くはないとはいえ、ここまで大量に買うお客はたしかにそういないだろうな。

「じゃあ、お会計でいいのかな？」

「もうちょっと待ってください。薬草や魔物に関する本が欲しいんですけど。できれば詳しめのものはありますか？」

「まだ買うのかい⁉　僕としては嬉しいが、大丈夫かい？」

「お金なら大丈夫ですよ」

「そうかい？　それならいいんだけど……えっと、薬草や魔物？　ちょっと待ってて」

お兄さんが店の奥に本を探しに行ったので、僕は会計が終わっているオズワルドさん用の本を持って、店の入り口のほうへ行く。

「ライラー？」

『ククー』

「悪いけど、これをお願いいな」

『ククー』

店の外で待っているライラを呼び、半開きの扉の死角を利用して本をしまってもらう。

「ありがとう。でも、ごめんな、もうちょっと待っててくれないか？」

『ククー』

僕がもう少し時間が掛かることを伝えると、ライラは気にした様子もなく屋根のほうへ飛んでいく。

ライラは文句を言わないが、荷物を受け渡すだけのために連れ回している感があって申し訳ないんだよな～。これなら、僕達だけで買いものをして一度に渡したほうが良かったのかな？

いや、まだ挽回《ばんかい》できる！　これで大体の買いものが終わるから、この後はライラのための買いものをしよう。

「お待たせ。これなんてどうだい？」

僕が店の中に戻ると、お兄さんは何冊かの本を持ってきて、机の上に並べてくれた。

「これ、もってるー」

「これはもってなーい」

「これももってなーい」

「こっちはもってるー」

するとアレンとエレナは、表紙を見ながら持っている本と持っていない本を分けていく。

「えっと……これって本当に分けているんですか？　適当に分けているんじゃなく？」

「わかっていて、ちゃんと分けていますね」

「本当に？　こんな小さな子達が？」

「うちの子達の愛読書ですからね」

「……」

お兄さんは驚いて絶句してしまっている。まあ、アレンとエレナくらいの歳で薬草事典を愛読しているのは珍《めずら》しいよな～。

「「わけたー！」」

「ありがとう」

持っていない本は全部で五冊。中身をパラパラ見てみると良さそうな内容だったので、全部買うことにして、最初に確保しておいた物語系の本と一緒にお金を払って店を出た。

「「あっ！」」

「お、フィジー商会だな」

本屋を出てすぐに、アレンとエレナはすっかり馴染《なじ》み深くなっているフィジー商会の店を見つけた。

「ついでだし、寄って行くか」

「「うん」」

ミソやショーユ、お手軽塩シリーズは、それほど多くオズワルドさんのところに置いてきてない。頼まれてはいないが、ついでに持って帰ってもらおうと店に入ることにした。

すると――

「お、お客様は!!　し、支店長をお呼びしますので、少々お待ちください!!」

「「んにゅ？」」

「……何だ？」

店に入るなり、出迎えてくれた店員に何故か驚かれ、ひと言も話す暇なく支店長を呼びに行ってしまった。

しばらくすると、奥から中年の女性がやってきた。

「ようこそお越しくださいました。タクミ・カヤノ様でお間違いありませんか？」

「は？　え？　何で⁉」

店員が支店長を呼ぶと言っていたので彼女がそうなのだろうが、何故か僕のことを知っていたのだ。

「会長からカヤノ様のことは伺っております。あ、私、ルイビア支店の支店長を任せていただいています、ハンナと申します」

会長というのはステファンさんだよな。それで、えっと……僕達の特徴については、青い髪の双子の子供を連れた黒髪の男……とでも言っていたかな？　僕達の場合、それだけで見分けがつきそうだからな。

ステファンさんは僕達がこの街に来ると知っているので、この支店に連絡を入れておいたんだろうか。まさか、全支店に通達されているとか、そういうことは……ないよね？

「あ～、タクミでお願いします。そっちのほうが呼ばれ慣れているので」

「かしこまりました。では、タクミ様とお呼びさせていただきます」

「えっと、〝様〟は止めませんか？」

「いえいえ、タクミ様はお客様ですし、さらに我が商会にとっては大切なお方ですから、ご容赦《ようしゃ》ください」

最近では苗字で呼ばれることのほうが少ないので、名前で呼んでもらうことにしたんだが、様付けは止めてもらえなかった。

「それではタクミ様、本日はどのようなご用件でございますか？　もしや、新しい商品案のお話ですか？」

ステファンさんは本当に何を伝えておいたんだろう⁉　いや、カレー粉やお手軽塩のことだとは思うが……他にもいろいろ言っていそうだ。

というか、ほいほい新しい商品アイデアが思い浮かぶわけがないのだから、支店長――ハンナさんもそんな期待するような目で見ないで欲しい。

まあ、逆に何かアイデアが浮かんだ時は、話が早そうだけれども。

「い、いえ。今日はただ買いものをしに来ただけです」

「そうですか。残念です」

僕の言葉に、ハンナさんががっかりした表情をする。

「あ、でも……」

「何でございましょう！」

あることを思い出し思わず声を出すと、ハンナさんの目が瞬時《しゅんじ》にギラつく。食いつきが半端《はんぱ》ない。

少し怖いくらいだ。

「……えっと、ある海藻を乾燥させて粉末にして、青海苔というものを作ってもらいたいんですけど。さらに、それでお手軽塩シリーズを作ってもらうことってできますか？」

「海藻を使ったお手軽塩ですね！　なるほど！　是非ともお任せください！」

二つ返事で了承を得られたので、見本代わりに《無限収納《インベントリ》》から青海苔用の海藻を取り出して見せれば、良く見る海藻だから材料の確保も問題ないということだった。

これで上手くいけば、青海苔とのり塩を自分で作らなくても良くなりそうだ。あ、ついでに昆布を粉末にして混ぜた昆布塩も作ってもらおう。この際だから、ゴマ塩とかもありか？

「良い案をありがとうございます。すぐに試作し、できあがったら領主様のお邸《やしき》に連絡いたします」

「あ、はい。お願いします」

滞在場所はまだ言っていないが、そこら辺も把握《はあく》済みのようだ。

「あ〜、それから、知り合いに頼まれているので、ミソとショーユ、それとお手軽塩シリーズをひと通り欲しいんです」

「はい、すぐにご用意いたします！」

「あ、ありがとうございます」

買いたいものを伝えると、ハンナさん自ら商品を持ってきてくれる。しかも、もの凄く大量に。

さすがに多いのでオズワルドさんに渡すもの少々、あとは自分のストック用にお手軽塩を何セットかだけ買うことにした。

この塩を知らない冒険者達にとっては相当珍しいだろうから、交渉の材料になるかもしれないしね。

「あと、一つお願いがあるんですが……」

「はい、なんでございましょうか？」

「店の中に鳥を一匹入れてもいいですか？　あ、大人しい子だから暴れたりはしませんので……」

「鳥、ですか？　そうですね……今は他にお客様もいませんし、短時間でしたら構いませんよ」

「ありがとうございます」

最後にライラにも買いものをしてもらおうと、ハンナさんにライラの入店をお願いしてみると、快く許可が出た。

「「よんでくるー」」

「お願い」

すると、アレンとエレナがすぐにお店の外に行き、ライラを連れて戻ってくる。

「「つれてきたー」」

「ありがとう。――ライラ、お店を見てみないか？　欲しいものがあったら買うよ」

『クク―？』

僕の言葉に、ライラは珍し気に店内を見渡す。

「アレン、エレナ、ライラにいろいろ見せてあげてくれるか？」

「「うん！　まかせて！」」

アレンとエレナは張り切って、ライラに商品の説明をしていく。

今、説明しているのは食材のようだが、「「○○と煮ると美味しいのー」」とか「「ショーユで食べるといいのー」」といったような感じで、料理をしないライラにはよくわからないだろうことばかりだ。

それでもライラは子供達の言葉を真剣に聞いている。

『ククー』

「「これー？」」

子供達の説明を聞いていたライラが興味を示したのは、果実っぽいものだった。子供達は「「これ、何だろうー？」」と説明できなかったものだけどね。

エデンバードは鳥とはいえ魔物なので、肉食だったはずだが、木の実や果実も好きなのだろう。

「おにーちゃん」

「これ、なーに？」

「僕も初めて見たんだよな～。えっと……」

「タクミ様のお連れ様もお目が高い！　そちらは先日入ったばかりの、シーラの実という名の海の実です！」

僕が【鑑定】で確認する前にハンナさんが答えてくれる。果実ではなく、木の実でもなく、海の実なるものだったようだ。

色は鮮やかな青、表面はトゲトゲしていて、色が違えばドリアンみたいな見た目である。大きさは子供達の顔と同じくらいだ。

「海の実ってことは、海中に生る実なんですか？」

「ええ、そうです！　非常に珍しいもので、店に入ってくることは滅多にないんですよ！」

「「おぉ～、うみのみ！」」

ライラは珍しいものを見つけたな。

「そのシーラの実はいくつありますか？」

「五つでございます」

「じゃあ、全部ください」

珍しい実だけあってそこそこの値段がするようだが、せっかくライラが興味を示したものなので、全部買ってしまう。

「おにーちゃん、アレンもほしい！」

「おにーちゃん、エレナもほしい！」

「ん？」

「「たべてみたーい！」」

「……まあ、それはね」

見たこともないものなので、食べてみたいというのは僕も同意見だ。だけど――

「これはライラのために買ったものだしな～」

「「あぅ～」」

『ククー』

しょんぼりしている子供達を見ながら、ライラが優し気な声で鳴く。

「ん？　どうした、ライラ？」

『ククー』

「あ、もしかして、海の実を分けてくれるのかい？」

『クー！』

「「やったー！　ライラ、ありがとう！」」

何となくライラが言いそう……というか、そうであって欲しいと思ったことを言ってみれば、当たっていたようだ。ライラは優しいな～。

「ありがとう、ライラ。じゃあ、お言葉に甘えて一個譲ってもらうな」

『ククー』

「他に気になるものはなかったか？」

『クー』

ライラはふるふると、首を横に振る。

もう気になるものはないようなので、店を出ることにした。

ちなみにその際、ハンナさんから明後日の予定を聞かれた。明日中にでも新商品の試作を作って持ってきそうな勢いである。

まあ、特に予定はないので、ルーウェン邸にいると答えておいた。

「さて、あとはどうするかな？」

『ククー』

「ん？　ライラ、どうしたんだ？」

店を出てこれからどうするか考えていると、不意にライラが鳴いた。

「「かえっちゃうの？」」

『ククー』

「「……そっか～。ざんねん」」

「え、もう帰るのか？　アレン、エレナ、言っていることがわかったのか？　というか、ライラ、疲れてないかい？」

そう言って、もう一泊していかないかと勧めてみたが、早くオズワルドさんのところに帰りたいようだった。

まあ、無理に引き留めるものでもないよな～。

「じゃあ、ライラ、またな！」

「「ばいばーい！」」

『ククー』

ライラは一気に上空に飛び、迷いなく街の外へ飛んでいった。

ライラを送り出すと、僕達は冒険者ギルドに解体を頼んでいたブラッディウルフの素材を受け取りに向かった。そして、回収したその足で、毛皮加工をしてくれるお店に行き、敷物への加工をお願いした。

「あ、そうだ」

これで用事はほとんど終わったが、行きたいところを思い出した。

「最後に神殿に寄ってもいいかい？」

「「いいよ～」」

新しい街に着いた時の恒例？　シルに会うために神殿に向かうことにした。

神殿に入り、神像の前でシルに呼び掛けてみる。

（シル～、いるか～）

（はい、はい！　います！　いますよ！）

すると、すぐにシルの声が勢い良く返ってくる。

何故か挙手しているシルの姿が脳裏に浮かんだ。

（……なあ、シル、ちょっと右手を挙げてみて）

（へ？　右手ですか？　もう挙がっていますけど？）

（……そうか）

何となく要求してみたが、シルは既に挙手していた。

……本当にしているとは思わなかったけどな。

（巧さん、右手を挙げて……それからどうすればいいんですか？）

（……今度は手を前に突き出して）

（はい）

（……）

シルは素直に僕の言う通りに行動をしているようだ。特に意味のない指示だったのだが、少々申し訳なくなった。

僕はウィンドウ画面を呼び出して、魔法陣を表示させ、《無限収納《インベントリ》》からバニラアイスを取り出して送った。

（わぁ〜、アイスクリームじゃないですか！　いいんですか!?）

確か、ミルクアイスが好きだと言っていた覚えがあったので、罪悪感を払拭《ふっしょく》するために送ってみたのだ。

（……ああ、うん、いいよ）

（これはミルクアイスですかね？）

（えっと……ミルクアイスの改良版、バニラアイスだよ）

（バニラアイス！）

しかし、シルが思った以上に喜ぶので、ますます申し訳なくなってしまった。

（嬉しいです。ありがとうございます）

（……いや）

（あ、そうだ。クレープやいろんなモチ、どれも美味しかったです）

（そうか。気に入ってくれたのなら良かった）

（本当に！　巧さんが僕の意図に気づいてくれて良かったです！）

ん？　シルの意図？　……って、あれか？　食べたいものの材料を送ってくるやつ。

（赤麦がたくさん送られてきていたから、食べたかったんだろうと思って送ったんだが……やっぱり合っていたってことか？）

（はい！）

シルは清々《すがすが》しく返事をする。やはり、遠回しな要求だったようだ。

チョコレートが食べたかったらカオカ豆、モチが食べたかったら赤麦……と、わかりやすいものだといいんだが、クレープが食べたかった場合は何を送ってくるつもりなのだろうか？

卵？　ミルク？　小麦粉？　どれを送られてきてもわからないだろうな。

（材料の手持ちが少ないものもあるから、材料を送ってくれるのは嬉しいんだが、どうせなら手紙でも添えてくれればいいのに。「モチが食べたい」とか）

手紙じゃなくてカードに一言でもいい。

（さすがにそんな堂々と要求するわけには……）

……いやいや、材料を送ってくる時点でそんなに変わらないと思うぞ？

まあ、シルにはそれなりにお世話になっているから、別にいいんだけどな。

（そうだな。それじゃあ、月に一回なら食べたいものの要求を受け付けるよ）

（ほ、本当ですかっ⁉）

（本当だよ。とはいっても、要求があってすぐに送るのは無理だからな。手が空き次第作って送るっていう感じならいいぞ）

（それで全然問題ありません！　わぁ！　わぁ！　これで！　これで、みんなからの〝まだか？〟っていう視線から逃れられる‼）

僕としては軽い提案だったのだが、シルはもの凄く大喜びしている様子だった。

（そ、そんなに喜ぶとは思ってもみなかった）

（だって、みんな酷いんですよ！　僕達は本来、巧さんに直接要求することができないのに、「あれが食べたい、これが食べたい」って言うんですもん！）

あ、シルが内情を暴露《ばくろ》している。

（はっ！）

あ、気がついたか？

（た、巧さん！　今のは聞かなかったことにしてください〜〜〜）

シルは涙声になって嘆願《たんがん》してくる。本当にいろいろと忙《いそが》しいな。

でも、会った当初と変わらないシルの様子を感じると、何だか安心するわ〜。

（ははは〜）

（うぅ〜〜、笑うなんて酷いですぅ。本当にお願いしますよ〜）

（わかった、わかった）

神様達の事情については流したほうが僕のためでもありそうなので、とりあえず了承しておく。

（それにしても、そんなに「あれが食べたい、これが食べたい」っていう話になるのか？）

（もう！　聞かなかったことにしてくれるって言ったのに！）

（いや、ちょっと、気になってさ。大丈夫！　今だけで、口外はしないから。それで、どうなんだ？）

（それはもう！　巧さんが新しい甘味を作る度に、すぐに食べたいって言うんですよ！）

（は？）

いやいやいや！　ちょっと待て！

シル達がたまに僕達のことを見ていることは知っていたが、新しいものを作る度って……そんなタイミング良く見ているってことか？

（……なあ、シル達って、実際どれだけ僕達のこと把握しているんだ？）

（ん？　えっと、大体把握していますね）

（え？　大体？　ずっとこっちのことを見てる……のか？）

（ええ!?　さすがにそれはありませんよ。僕だって仕事がありますからね）

良かった。四六時中見られていたらどうしようかと思ったよ。

でも、そうしたら、何で僕達のこと大体把握できるんだ？

（えっと……あれです！　記録しておいて早送りで見てます！）

（……）

……四六時中見られているのと変わらなかった！

しかも、またナチュラルに心を読んだな！

（はっ！　た、巧さん、あれです！　見てるっていっても要所要所を確認しているだけで、じっくりは見てないですからね！　僕はプライベートは覗いていませんからね！）

（……）

〝僕は〟っていうところが凄く強調されていたけど、シル以外の神様達は見ている可能性があるということか？　うん、これはあれだな。するつもりはないが、悪いことはできないな～。

（ちょっと、巧さん⁉　聞いています？　ねぇ、巧さん⁉）

（ああ、うん、聞いているよ。聞いているけど、ちょっとこれってストーカーかな〜って考えていた）

（ス、ストッ、ストーカー⁉）

（うん、この場合はどこに訴えたらいいんだろうか？）

（訴える⁉　だ、誰を⁉　ぼ、僕ですかぁ⁉）

シルは僕の言葉に大慌てしている様子である。

（……というのは、冗談で）

（冗談！）

冗談というか、この世界の最高権力者が相手だなんて、訴えても勝てるわけがないしな！

神様達にとって僕達人間は、もともと観察対象なのだろう。だから、僕達の観察もその一環で、比重がちょっとだけ大きいくらいなんだと思う。きっと。

（まあ、何にせよ。シルは相変わらずっぽいし、そちらは特に変わりないみたいだな。じゃあ、時間ができたらまた来るよ）

（えっ、ちょっと、巧さ――）

少々強引に話を終わらせ、待っている子供達のもとへ向かう。シルが慌てている様子だが、気にしない。

「お待たせ！　さて、帰ろうか」

「「うん！」」

「帰ったらレベッカさんに何をしたか報告しないとな！」

「「おぉ～」」

「ほうこく！」

「する！」

やることを終えた僕達は、ルーウェン邸に帰ることにした。


ちなみに、その日の晩ご飯のデザートにシーラの実を食べてみた。

シーラの実は、皮というか殻っぽいものを慎重に割ると、中には水色のガラス玉みたいな綺麗な実がぎっしりと詰まっていて……食感はグミみたいな食べものだった。

子供達は美味しそうに食べていたし、レベッカさん達も喜んでいたが、僕としては自然物からグミっぽいものが出てくることに違和感があった。

第四章　普通の冒険者をしよう。

「よし、依頼を受けに行こう！」

「「いらーい？」」

「うん、そうだよ」

僕の言葉に、アレンとエレナが首を傾げている。

ルイビアに来てからのこの数日、レベッカさんの采配《さいはい》のお蔭でゆったりと過ごした。

とはいえ、僕達は一応冒険者なので、そろそろ仕事をしようと思うのだ。

まあ、冒険者とはいっても、あまりらしくないのは自覚しているけどね。

普通の冒険者というのは数日連続で依頼を受け、一日休養日を取り、また依頼をこなす。そんな生活をしているはずだ。……たぶん。

ケルムの街ではそこそこ薬草採取はしていた。だがそれは、冒険者ギルドで内容を吟味してから依頼を受けて、仕事に行く……という流れではなく、山に遊びに行きつつ薬草を採取し、それを冒険者ギルドに売りに行く……という流れだった。薬草が品薄で、常に納品を受け付けているのは知っていたからな。

「アレンとエレナは、今日はレベッカさんと過ごしているかい？」

仕事をしよう、というのは僕自身が大人としてあまり長いことぐーたらしたくなかったからで、子供達は別だ。

「アレンもいらいいくー」

「エレナもいくー」

しかし、子供達もそろそろ走り回りたくなってきたのだろう、即答だった。

というわけで、僕達は早速、ルイビアの街の冒険者ギルトへとやって来た。

「何か良い依頼はないかな〜？」

「「ないかな〜」」

依頼ボードを眺めつつ、内容を吟味していく。

「あれはー？」

「えっと……星屑草《ほしくずそう》の採取か？　まだ採取したことのない薬草だな。でも、珍しいものだから採取できるかわからないし、依頼として受けるのは危険かな？」

「そっか〜」

アレンが指した依頼は興味深いものではあったが、達成見込みが低いので止めておく。

「あれはー？」

「ルビーキャットの討伐？　ん〜、生息時季がちょっと違うかな」

「ざんねん～」

ルビーキャットは冬の山でよく目撃される魔物であるはずだ。海沿いの街であるルイビアだが、海と反対方向に行けば山はある。だが、今は初夏なので、この依頼も止めておいたほうがいいだろう。

「「じゃあ～、あれ！」」

「ん？　薬草各種の採取？　これはまた……都合の良い依頼を見つけたな～」

いろんな薬草の名前が書いてあり、その中から同じ種類のものを十本一束として、十束以上納品する依頼だ。同じ種類のものを百本でも、十種類十本ずつでも問題ないようだ。

目安の金額は表示されているが、採ってきた薬草の種類で報酬金は変動するので、どれだけ稼げるかは自分次第になる。

「珍しい種類の薬草もあるけど、見つけやすいのもあるし……問題なさそうだ。じゃあ、これにするか」

「「うん！」」

受けるものを決めたので、僕達は受付へ向かう。

「すみません。この依頼をお願いします」

「お預かりします」

依頼書とギルドカードを受付のお姉さんに渡すと、すぐに手続きを進めてくれる。

「あら、タクミ様、まだ受理手続きをしていない依頼達成の報酬がありますね」

処理を始めたお姉さんが、すぐに作業を中断する。

「え？　受けた依頼の報酬はちゃんと受け取っているはずですけど……」

全くもって身に覚えがない。

僕は依頼を受けっぱなしにしないために、依頼を受けてから依頼達成までできるだけ時間を空けないようにしている。依頼達成の報告をすれば、そのまま報酬を受け取れるので、未払いという事態は起こらないはずだ。

それに、先日オズワルドさんから預かった素材を売りに来た時には、何も言われなかったよな？

「護衛依頼です。それも国からの依頼ですね」

「……国？　それも護衛？」

もしかして、オースティン様とクレタ国に行った時のものか？　確かに護衛という立場で行ったが、いつの間に依頼を受けたことになっていたんだろう？

「あれかな？　と思う仕事はしたんですけど、正式にギルドで依頼を受けてないんですが……」

「しっかりと仕事をしてくれたと国側が判断して、報酬を出したのだと思いますよ？　さすがに国が間違って報酬を出すなんてありえませんからね。それで、受け取りは現金でよろしいですか？」

きっと、オースティン様がしっかりと仕事として処理してくれたのだろう。

「あ～……そうですね。お願いします」

預金ばかりしていても貯まっていく一方なので、今回は現金を受け取ることにする。

お姉さんはお金を用意し終えると、続いて依頼の手続きを開始してくれる。

「タクミ様、こちらの依頼は依頼者に薬草の査定をしてもらう必要がありますので、依頼完了前に一度『メディス薬店』に寄っていただきます。それでも問題ありませんか？」

まあ、採ってくる薬草の種類が固定じゃない以上、査定は必要だなよ。

「はい、大丈夫です。あ、では、店の場所を教えてもらえますか？」

「『メディス薬店』は商店街通り三番地にありますね。――はい、これで手続きは完了です」

「ありがとうございます」

「「いってきまーす」」

「はい、いってらっしゃい。気をつけてくださいね」

「「うん！」」

手続きが終わると、僕達は早速薬草を探しに街の外へと向かった。


「とりあえず、ここら辺から探すか～」

「「さがす～」」

まずは街から少し歩いたところにある草原で薬草を探し始める。

《あ、待って～》

《オレも行く～》

人がいなかったのでジュール達を呼び出すと、薬草を求めて走り出したアレンとエレナの後を、慌ててジュールとベクトルが追いかけていく。

今から何をするのかまだ説明していないが、子供達が走って行ったから反射的に追いかけたようだ。

《も～、ジュールとベクトルは落ち着きがないわね～。それで兄様、今日はどんな予定なの？　アレンちゃんとエレナちゃんを見る限り、薬草採取かしら？》

「正解！　そうだよ」

《兄上、薬草の種類は何ですか？》

「特に種類は決まっていないかな。使えそうなものを探す感じかな」

《それならいっぱい探さなくちゃなの！》

「お願いするよ」

すぐに駆け出したジュールとベクトルとは違い、フィート、ボルト、マイルは落ち着いたまま、今日の用件をしっかりと尋ねてくる。

「あ、あと、普通の花でいいんだけど、綺麗なものがあったら集めておきたいんだ。見つけたら採取してくれないか？」

《いいけど、何に使うの？》

こてんと首を傾げるフィート。
「今度、ヴァルト様が結婚するんだ。で、その時に使おうと思ってね」
《あら、ヴァルト様が？》
《お～、それはおめでたいですね》
《なの！　頑張って集めるの！》
「できれば白い花を多めに、他の色でもいいけど淡い色のものを重視でお願いな」
《《《はーい》》》
僕の説明を聞いてからフィート、ボルト、マイルが薬草や花を採取するために籠を持って方々に散っていく。
「さて、僕も採取するか～」
僕も依頼達成のために採取を始めることにして、まずは無難に魔力草、シュイ草などから集めていく。
「「おにーちゃん！」」
「ん？　どうした？」
僕が採取を始めてすぐに、アレンとエレナ、ジュールが戻ってきた。
《いっぱい採れたから、一旦届けに戻ってきたの》
ジュールがたくさんの薬草が入った籠を差し出してくる。

「おぉ～、もうこんなに集めたのか？」
「「がんばった」」
アレンとエレナが腰に手を当てて胸を張る。
「ははっ、ありがとう」
《兄ちゃん、兄ちゃん！》
「ベクトル？　おお⁉　凄いのを仕留めてきたな～」
ベクトルだけ遅れて戻ってきたと思ったら、鳥を咥えていた。ベクトルは基本的に大型犬くらいの大きさまで小さくなっているんだけど、その倍の大きさはある、ダチョウのような鳥だ。
《こいつ、なかなか美味しいんだよ！》
「そうなのか？」
《うん！　今度、このお肉が食べたい》
「わかったよ。ギルドに解体を頼んでも肉だけは売らないようにするよ」
《お願いだよ！》
急ぎでもないし、今回もギルドに解体を頼むことにしよう。
《よ～し、もう一回行くぞ～》
「「《おー！》」」
ベクトルの掛け声で、アレンとエレナ、ジュールは再び駆けていく。

「あまり遠くまでは行くなよー」

「「《《はーい》》」」

あっという間に小さくなる子供達の後ろ姿に呼び掛ければ、元気な返事だけがあった。

「本当に元気が良いな～。っと、子供達に任せるだけじゃなくて、僕も頑張らないとな」

僕は適当に歩きながら薬草を採取していく。

「……っと、これで魔力草、シュイ草、リリエ草がそれぞれ二十だな」

よく見つかる種類の薬草ばかりだが、先ほど子供達が持ってきた薬草も含めれば、最低限の依頼数は揃った。

「さてと、みんなはどこまで行ったんだ？」

まだ一時間程度だが、遠目でも子供達の姿が見えないんだよな～。

まあ、アレンとエレナはジュールとベクトルが一緒のはずだから問題ないだろうけど。

「あっ」

噂《うわさ》をすれば、こちらのほうに走ってくる人影が見えてきた。

「おかえり～。怪我はないか？」

「「ただいまー」」

アレンとエレナは僕のところまで走り込んで来て、抱きついてくる。

《ボクが一緒にいて、二人に怪我させるなんてありえないよ》

「そうだよな。ジュール、ありがとう」
一緒に戻ってきたジュールも頭を擦りつけてくるので、撫でてあげる。
《兄様、ただいま～》
《ただいま戻りました》
《ただいまなの！》
続いて、フィート、ボルト、マイルも戻ってきた。特に時間の指定はしていなかったが、みんなほぼ同時に集まったな。
「みんな、おかえり。って言っても、ベクトルはいないんだけどな～」
僕がそう言うと、アレンとエレナ、ジュールが答えてくれる。
「ベクトル」
「おいかけてった～」
《あ～、ベクトルね、ヘビーボアを見つけたから追いかけて行っちゃったんだよね～》
魔物を見つけて追いかけてしまうって……ベクトルらしいな。
「まあ、そのうち帰ってくるだろう」
《そうね～。あ、兄様、これ、薬草とお花ね》
《ぼくのもどうぞ》
《わたしもなの！》

「アレンもー」

「エレナもー」

フィートを筆頭に、みんなが自分達が集めた薬草や花を差し出してくる。

「みんな、いっぱい集めたな～」

どの籠も薬草や花でいっぱいになっている。

《お兄ちゃん、見て～。これ、これ！》

「どれどれ？　……お、風鈴草《ふうりんそう》まで見つけたのか！」

ジュールが〝これは凄いだろう！〟とばかりに差し出してきたのは、風鈴草だった。

スズランみたいな植物で、小さな花の部分からリンリン、と音のなる薬草だ。音がする植物だから見つけやすいものかと言えばそんなことは全然なく、風の音に紛れてしまうため非常に見つけづらいらしい。

《凄いでしょう！》

「凄いな！　本当に良く見つけたな！」

《ボクは耳が良いからね！》

ジュールが自慢するように胸を張る。

人間の耳では聞き取りづらい風鈴草の音でも、フェンリルであるジュールの耳だとしっかりと聞き取れるのだろう。

「アレンはねー、トゲトゲそうをみつけたよー」

「エレナはねー、キラナそうをみつけたのー」

「おぉ～、二人ともやるね～」

「「えへへ～」」

子供達も競って採取の成果を披露してくるので、頭を撫でて褒めてあげれば、嬉しそうに笑う。

「あっという間に依頼分の薬草は集まったな～」

《お兄ちゃん、待って！　もう帰るってことはないよね!?》

《兄様、まだお昼にもなっていないわ。まだ一緒にいましょうよ》

《兄上、今日はもう終わりなんですか!?》

《タクミ兄、もっと一緒にいるの！》

依頼が終わった＝街に帰る……と思ったのか、ジュール達は慌てる。

「ははは～、まだ帰らないから落ち着いて」

「「かえらない？」」

「帰らないよ。あ、帰りたいなら帰るけど」

「「やー！」」

「だよね。夕方までは帰らないから安心して」

あえて帰るか聞くと、子供達は大きな声で否定してくる。

《《《良かった～》》》

ジュール達も安心したように深く息を吐く。

さて、それじゃあどうするかな。

「まだ薬草の採取を続けてもいいし、遊んでもいいし、ただ散歩するのでもいいよ。何かやりたいことはあるか？」

「「んとね～……」」

《どうしようか～？》

僕がどうするか聞くと、アレンとエレナ、ジュールは真剣に考え込む。

《あら、お花集めをしてもいいんじゃない？》

《そうですね、ぼくもそれがいいと思います》

《そうなの、まだまだ足りないと思うの！》

「「おはなー？」」

《花って何？　薬に使える花を集めているの？》

フィート、ボルト、マイルの言葉に、アレンとエレナ、ジュールが首を傾げる。

《ヴァルト様の結婚式に使う花よ。たくさんいるって兄様に聞いたわよ？》

「「あっ！」」

アレンとエレナは花集めのことをすっかり忘れていたようだ。フィートの言葉を聞いてはっとした様子を見せる。
《え、ボク、聞いてない！》
《ジュールは兄上の話を聞く前に子供達と一緒に行ってしまいましたからね》
《そうなの！》
《何てことだっ！》
ジュールは自分だけ知らなかったことにショックを受けたらしく、丸まるように伏せる。
「そこまで落ち込まなくてもいいいんじゃないか？」
《お兄ちゃんからの仕事を聞きそびれるなんて……》
「いやいや、仕事ってほどのことでもないぞ？　……おーい？」
《うぅ～》
……あ～、これは聞こえてないな。
そこまで気にする必要はないんだが、手っ取り早い方法でジュールの気持ちを盛り上げさせるか。
「じゃあ、改めて……白を基本に淡い色の花が欲しいです。手伝ってくれる人は？」
「《《《はい！》》》」
僕の頼み事に、全員が元気良く返事をする。狙い通り、ジュールもしっかりと顔を上げ、目を輝かせていた。
「「おはな、さがすー！」」

《ボク、頑張る！》

ということで、これからの予定は花集めに決まった。

「じゃあ、移動するか。でも、花集めだと森のほうがいいのかな？　それとも草原のほうがいいのかな？」

《兄上、花は木に咲くものでもいいのですか？　それなら、あちらの森でたくさん咲いていましたよ》

「おぉ！　全然いいぞ！　じゃあ、ボルト、案内してくれるか？」

《はい、お任せください》

早速、ボルトの案内で森の奥のほうに行くと、花を咲かせた木がたくさん並んでいる場所へと出た。

《兄上、ここです》

「「お～、いっぱい！」」

「確かにいっぱいだな～」

一瞬、雪が積もっているのではないかと錯覚《さっかく》するほど、木に白い花が咲いている。

「あれ、花の種類が違うな」

「「ほんとうだー」」

似たような白い花が咲いているが、よく見れば何種類かあるようだ。

「こっちはリーゴの実の木で、こっちはオレンの実の木だ」

【鑑定】で確認してみると、ここら辺にある木は果実の木であることがわかった。

木を確認しながら歩いていると、フィートが声を上げる。

《兄様、こっちには綺麗な桃色の花もあるわ。これも可愛いんじゃないかしら？》

「うん、そっちもいいな。それはランカとシュリの実の木か。ん～、これは一本の木に対して採る花は少しにしたほうがいいな」

《何で？　いっぱい咲いているんだから、そこそこ採っても大丈夫じゃないの？　駄目なの？》

「「はな、とっちゃだめー？」」

僕が呟くと、ジュールとアレン、エレナが首を傾げながら尋ねてくる。

「そうだね、これは果実の花だから、花をいっぱい採っちゃったら果実になるのが減るな」

《あ、そうだった。それは駄目だ！　わかった！　絶対にやらない！》

「「んにゅ？」」

ジュールはすぐに理解できたようだが、アレンとエレナは首を傾げたままだ。

「果実はね、花が成長してなるものなんだよ」

「これだめ！」

「とらない！」

「少しくらいなら大丈夫だぞ？」

「「だめー！」」
花が果実になると知って、アレンとエレナは花を採ることに猛烈《もうれつ》に反対する。
まあ正直なところ、花は先ほどフィート、ボルト、マイルが集めてくれたものがあるので、ここで集められなくても問題ない。あるもので間に合わせてもらってもいいし、他の場所、別の機会で改めて集めてもいい。なので、僕は子供達の主張を優先しようと思った。
《アレンちゃん、エレナちゃん、美味しい果実にするためには花が多過ぎるのも駄目なの。だから、少し採ったほうがいいのよ》
しかし、その時、フィートが子供達の説得を始める。
「「そうなの？」」
《そうなの。実がいっぱいだとね、ご飯が少ししか貰えなくて美味しくならないって聞いたことがあるわ》
「「ごはんだいじ！」」
《でしょう？　だから、ちょっとずつ花を減らしたほうがいいのよ。ね、採ってあげましょう》
「「わかったー」」
アレンとエレナは元気に頷く。素晴らしい誘導だ、フィートは頼りになるな～。
《ぼくとマイルが木から花を落としましょうか》
《そうするの！　アレンとエレナは下で拾ってなの！》

「「うん、ひろう！」」

ボルトがマイルと子供達を誘って花を集めに行く。

《え！　ちょっと待ってよ！　ボクも！　ボクも拾う～》

《はいはい。じゃあ、私が落とすから、それはジュールが拾ってちょうだい》

《わかった！》

先走らないように耐えていたらしいジュールが出遅れて、泣きそうになっている。そんなジュールを不憫《ふびん》に思ったのか、フィートが誘って花を集めに行った。

そうして、木一本に対して十数個ずつ花を集めていく。少ないかなとも思ったのだが、木がたくさんあったので結構な数の花が集まった。

「おぉ～、こうやって見るとかなり集まったな」

「「ヴァルトさま、よろこぶー？」」

「うんうん、きっと喜ぶよ」

「「そっか～。よかった～」」

子供達のへにゃりと笑う姿にほっこりしていると、ベクトルが帰ってきた。

《あ、ここにいた！》

しかも、三、四メートルくらいの黒いヘビを咥えてね。

「わ～、またでかいものを狩ってきたな～」

ブラックバイパーだね。確か、Dランクだったかな？
「でも、ベクトルはヘビーボアを追いかけて行ったんじゃなかったのか？」
《うん、それも仕留めたよ！　今、持ってくるね！》
ベクトルはブラックバイパーの死骸を僕の前に置くと、ヘビーボアの死骸が置いてあるだろう方向に戻って行ってしまった。
まあ、魔物の死骸を咥えて移動するには、せいぜい一匹が限度だもんな。
「うーん、マジックリングってどこかで手に入れられないかな～」
ライラが身に着けていたようなマジックリングがあれば、今日みたいに別行動をしていても、荷物を入れられて楽になるよな～。
そこまで高性能ではないマジックバッグならいくつか《無限収納《インベントリ》》にあるが、ジュール達が常に身に着けておくには動きの邪魔になるから、やはりマジックリングがいいな。
《兄様、上級の迷宮では魔道具が見つかりやすいって聞くわよ》
《兄上、それはぼくも聞いたことがあります！》
《行きたいの！　タクミ兄、今度迷宮に行くの！》
「「めいきゅう、いきたい！」」
《お兄ちゃん、ボクも行きたい！》
フィートとボルトの言葉に、マイル、アレン、エレナ、ジュールが期待するような目でこちらを見てくる。

迷宮、それも上級迷宮は遊び感覚で行くようなところではないが……まあ、うちの子達はそれだけの実力があるからな。

「そうだな、行ってみるか。だけど、情報を集めるからちょっと待っててな」

「「《《《《やったー》》》》」」

どうせ行くなら魔道具がより見つかりやすい迷宮がいいので、それがどこか調べる必要がある。なので、少し待つように言うと、子供達は迷宮に行けるということに大いに喜んだ。

《ただいま～。あれ、なんか楽しそうだね？》

迷宮行きが決まったところで、ベクトルがヘビーボアを引きずって戻ってきた。しかも、丸々とした重そうな個体だ。

「今度、迷宮に行こうっていう話をしていたんだよ」

《迷宮！　行きたい行きたい！　早く行こう！》

「今度な。今じゃないよ」

《えぇ～、今行こうよ～》

基本的にうちの子達はみんな行動的なほうだが、その中でもベクトルが一番動き回るのが好きだ。今も、喜びを露《あら》わにして僕の周りを駆け回っている。

《ベクトル、兄様を困らせないの。今度連れて行ってもらえるんだから我慢しなさい》

《は～い。もうちょっとだけ待つよ》
フィートに窘《たしな》められ、ベクトルは大人しく引き下がる。
こういう時は、いつもフィートにばっかり頼ってしまっている感じだ。僕もしっかりしないとな～。
《あ、そうだ、兄ちゃん、あっちのほうに変な湖があったんだけど～》
少しヘコんだ様子を見せたベクトルだったが、すぐにいつも通りに戻り、一人で動き回っていた時に気づいたことを報告してくる。
「変な湖？」
《そう。凄く変な色だった！》
「色が？」
変な色の湖か。……全然想像がつかないな。
《ベクトル、どんな色だったの？》
《凄い色！》
《凄いだけじゃわからないの！　何色なの！》
《凄かった！》
ジュールとマイルに色を聞かれるベクトルは、とにかく《凄い》としか言わない。
《見に行かないの？》

「ん～、そうだな～。どんなものか気になるし、行ってみるかな。ベクトル、そこに案内できるんだよね？」

《できる、できる！》

この反応を見る限り、ベクトルは僕達に直接見て欲しくて、具体的な色を言わなかったのだろう。花集めもひと段落して、これから何をやるのか特に決まっているわけではないので、僕達はベクトルの言う変な湖を見に行くことにした。

《ここだよ～》

「「ピンクだ～」」

「うわっ、凄っ！　ピンク色の湖ってあるんだな～」

《確かにこれは凄い色だね！》

《本当ね。普通にはない色だわ》

《そうですね。これなら変な湖って言っても過言じゃありません》

《びっくりなの！》

ベクトルが案内してくれた湖を見て、僕達はかなり驚いた。

というのも、湖はかなり鮮やかなピンク色をしていたからだ。遠目でピンクっぽく見えるのかな？　と思って近くに寄って見ても、やはりピンク色をしていた。

「『のんでいいー？』」
「ちょっと待って。今、調べてみるから」
この水の色を見てすぐに飲もうとする子供達に驚きつつ、僕はすぐに水を【鑑定】してみた。すると、驚いたことにこのピンクの水は……毒や危険なものは含まれていない、ただの水であった。
「えっと……うん、大丈夫。飲んでもいいよ。でも……」
「『いってくるー』」
《オレも行くー！》
僕が許可を出すと、アレンとエレナ、ベクトルが湖に近づいていく。「普通の水だよ」って伝える前にね。
そんな二人と一匹を見ながら、フィートが尋ねてくる。
《兄様、何の湖だったの？》
「ただの水」
《《《《えっ⁉》》》》
僕の言葉にジュール、フィート、ボルト、マイルが驚きの声を上げる。
《ただの水？　この色で⁉》
《ケルムの街に向かった時に見つけた湖みたいに、炭酸水だとか、お酒かと思ったのに……予想外ね》

《予想外過ぎませんか？　飲むと身体が痺《しび》れる水とか言われたほうが納得できますよ》
《本当なの！　ただの水って、それはないの！》
そうだよな。こんなにも鮮やかな色の水なんだから何かあると思うよな。それがごくごく普通の水って、肩透《かたす》かしもいいところだよ。しかも、水質的にはかなり綺麗らしいし。
しかも――
「それも『イリューシュの湧水《ゆうすい》』っていう名前はしっかりあるんだよな～」
《お兄ちゃんの【鑑定】にそうやって出たの？》
「うん、そうなんだ」
《逆に名前が立派過ぎだよね？　ピンクの水っていう名前のほうが納得できる！》
ジュールが湖を眺めながら、何かを訴えるように前足を――テシテシッと地面に叩きつける。
《兄ちゃん！　びっくりするぐらい普通の水だった！》
「みたいだな」
予想していなかった展開に湖を眺めていると、興奮したベクトルと、正反対にしょぼーんとした様子のアレンとエレナが戻ってきた。
「……あまそうだった～」
「……でも、ちがった～」
あ～、アレンとエレナにはジュースか何かに見えたのかな？　だが、実際は違って落ち込んでいるのだろう。

「残念だったな。今、果実水を出してあげるから。それとも、他のものにするか？　炭酸水を使ったものか、フルーツミルクか……どれにする？」

あまりにも落ち込んでいるので、代わりのものを提案してみる。

「了解！」

「「しゅわしゅわ！」」

するとアレンとエレナは一瞬で元気を取り戻し、目を輝かせた。

《兄ちゃん、オレも！》

「大丈夫、みんなの分も用意するよ。じゃあ、果実水……いや、好きなジャムを炭酸水に混ぜようか」

「「うん！」」

「ほら、好きなのを選んでグラスに入れて」

僕は《無限収納《インベントリ》》からジャムを取り出して並べ、子供達に好きなジャムをグラスに入れさせる。

「アレン、イーチにする～」

「エレナはマルゴにする～」

ジュール達にもジャムを選んでもらってスープボウルに入れると、炭酸水を注いでいく。

「「まぜまぜ～」」

「甘さが足りなかったらジャムかシロップを足していいからね」

「「は～い！」」

みんなが炭酸飲料を飲んでいる間に、僕は湖の水を汲《く》むために《無限収納《インベントリ》》から空樽を取り出した。

《あら、兄様、もしかしてピンクの水を汲むの？》

「そうだよ、フィート。一応、汲んでおこうかな～と思ってね。色水としても何かに使えるかもしれないしね」

食用の色粉なんてものは持ってないので、何かに使えるかもしれないから確保しておく。まあ、今のところ赤飯くらいしか思いつかないけど。

それに〝湧水〟って言うくらいなんだから、飲み水としても美味しい部類だと思うんだよね。

《手伝うわ》

「大丈夫だよ。すぐに終わるさ」

手伝いを買って出てくれるフィートにゆっくりしているように伝えてから、湖に近づく。

「よいしょ！」

子供一人なら入れそうな大きさの樽を湖に沈め、満杯になったものを引き上げる。

僕くらいの体格だと、普通なら持ち上がらないだろうけれど、わりと楽に持ち上がった。

シル特製の身体は筋力も以前とは全然違う。この世界に来るにあたってシルが身体を創ると聞いた時は不安を感じたけれど、いい仕事してくれたよ！

「「おわったー？」」

「うん、終わったよ」

三つの樽に水を満たしたところで、子供達が駆け寄ってくる。

「じゃあ、次はどうしようか？」

「「ごはんはー？」」

「ご飯？　昼ご飯を食べるにはまだ早いだろう？」

できあがっているものを《無限収納《インベントリ》》から出してただ食べるのではなく、作るところから始めるとしてもまだ早い時間帯だ。

「「いっぱいつくるー」」

「ん？　あ～、作り置きの料理のことかな？」

「「そう！　いっぱいつくる！」」

ルイビアの街に着いてからはルーウェン邸の料理人さん達が作ってくれるご飯を食べているので、《無限収納《インベントリ》》にある料理はあまり減っていない。とはいっても、そこまで大量にあるわけではないけどな～。

「めいきゅう、いく！」

「じゅんびばんたん！」

「あははは～」

アレンとエレナの言葉に、思わず笑い声を上げてしまう。

今度、迷宮に連れて行くと約束したので、子供達はそのための準備をしようと言っているみたいだな。

「そうだよな。行く予定なのは上級迷宮だから、準備はたっぷりしたほうがいいもんな」

「「うん！」」

上級迷宮は天候なども変化するし、場所によっては視界すら怪しい階層もある。

野外はもちろん、迷宮内でもわりと普通に料理をする僕達だが、さすがに場所や状況が悪ければ作り置きの料理で済ませる。

まあ、作り置きと言っても、《無限収納《インベントリ》》のお蔭で作りたてほやほやだから、干し肉などの保存食で済ませる普通の冒険者と比べたら月とスッポンである。

「即席スープの種類とかも増やしたかったし、お言葉に甘えて料理をするかな」

即席スープは、先日クレタ国に販売契約を結びに行った、フリーズドライのスープの素《もと》のことだ。

普段はあまり使わないが、子供達に持たせておく保存食としてだったり、他の冒険者がいて《無限収納《インベントリ》》にある料理を出せない時だったりに重宝している。

「「てつだう！」」

「そうだな、スープができて一杯ずつ凍らせる時にまた手伝ってくれるか？」

「「うん、やる！」」
ケルムの街の領主の家で大量生産した際に、アレンとエレナが、魔法でスープを一杯ずつ小分けにして宙に浮かせたのは圧巻だった。お蔭で作業がとても楽だったので、お願いしてみると、二人は快く了承してくれた。
「じゃあ、スープができるまではみんなで――」
《よし、食料の確保だね！　ボク達に任せて！》
《じゃあ、私は兄様の作業が中断しないようにここで護衛をするわ》
《ぼくは上から獲物を探してきますね》
《オレ、もっとお肉を狩ってくる！》
《アレンとエレナも一緒に行くの！》
「「うん！」」
「遊んでいてくれ」と言おうとしたのだけど……完全に魔物狩りが始まりそうな雰囲気である。
いつも魔物を狩っているので肉はたっぷり持っている。
今日だって既にダチョウ、ヘビ、イノシシと巨体なものを三匹も狩っている。先日、海で漁をしたので魚もたっぷりある。マーシェリーさんがくれたので野菜も果物もたっぷりある。食材自体はかなり持っているんだよ？
「……おーい、肉はいっぱいあるからな」

《いろんな種類があると選べていいよね。だからね、持ってない肉を探してくるね。――みんな、行くよ～》

「「《《《おー》》》」」

ジュールは楽し気にそう言うと、フィート以外のみんなを連れて駆け出して行った。

「……行っちゃった」

《大丈夫よ、兄様。お肉がいっぱいあっても腐るわけじゃないわ》

「あ、うん、そうだね」

《無限収納《インベントリ》》って本当に便利だよね！

とりあえず、僕はお肉がごろごろ入っているスープを数種類、今日のお昼用、作り置き用、即席スープ用と、大量に作ることにした。

《あら、戻ってきたみたいね》

そして、数種類のスープを作り終わった頃、みんなが帰ってきた。

「「いっぱいいた！」」

それも、全員が満面の笑みを浮かべている。どうやら、いろんな魔物を狩れたらしい。

《お兄ちゃん！　いろんなお肉がいたよ！　はい、これね。――あ、アレンとエレナも鞄から出してね》

「「はーい」」

「……わーお」

ジュールやベクトルが咥えてきたり、アレンとエレナがマジックバッグにしまったりしていた魔物で、軽い小山ができた。

どうやらみんな、短時間で僕の予想以上に大量の魔物を狩ってきたようだ。

とりあえず、僕はそっと《無限収納《インベントリ》》にしまったのだった。


湖の傍で昼ご飯を食べ、食後はのんびりと過ごし、即席スープを完成させてから街に帰ってきた。

このまま邸《やしき》に帰る前に、寄らなきゃいけない場所がある。

「あった、あった。ここだな『メディス薬店』」

「「あった～」」

依頼を完了させるために、まずは依頼主が経営する薬屋へ向かった。

「こんにちはー」

「「こんにちは～」」

「いらっしゃい」

店に入ると、初老の女性が出迎えてくれた。

「これは……」

「「おぉ～、いっぱい～」」

僕も子供達も、店にある品々に目を奪われた。

入ってすぐのところに売買するためのカウンターがあるんだが、カウンターの奥……というか中？　そこは奥の部屋に続く出入口以外が、棚で埋め尽くされている。そして、その棚にはいろんな形の薬瓶や薬草がびっしりと並んでいた。

「凄いですね。ここまで薬の種類が豊富な店は初めてです」

「ふふっ、ありがとう。でもね、日持ちしない薬も多いから、薬自体はそこまで種類は並んでいないのよ？」

「そうなんですか？」

「ええ、あれらは薬の材料ね。薬草とかを日持ちするように加工したものがほとんどなの」

「へぇ～」

あ、確かに良く見ると、薬草を乾燥させたものや何かの液体に漬《つ》けたようなものがたくさんある。

「今日は何のお薬をお求めかしら？」

「あ、すみません、冒険者ギルドで依頼を受けた冒険者ですが、薬草の査定をお願いします」

「「やくそう、もってきたー」」

棚の品々を見入っていると店主が用件を聞いてきたので、僕はここに来た理由を慌てて告げる。

「あら、あなた達が依頼を受けてくれたの？　それはありがとう。それじゃあ、薬草をここに出してくれるかしら？」

「はい」

僕はカウンターの上に魔力草、リリエ草、フェンゼ草、クレン草を二束ずつ、トゲトゲ草、キラナ草を一束ずつ並べた。

「まあ、まあ！　どれもとっても状態が良いわ！」

「それは良かったです」

提出した薬草は見つけやすくてよく使われるものと、少々見つけづらいと思われるものにした。

「あ、そうだ、十本はなかったんですが、風鈴草もあるんです。必要なら売りますが……どうしますか？」

風鈴草はジュールが結構な数を見つけてくれたので、本当はそれなりの量はある。だが、珍しい薬草だから大量に売っても目立ちそうなので、別枠で少量だけ提示してみた。

「まあ、風鈴草！　ぜひとも買い取らせて欲しいわ！」

すると、店主は大喜びで買い取りを希望する。

「嬉しいわ～。これで薬を待っている人にやっと作ってあげることができるわ！」

たしか風鈴草は、耳の症状に効く薬の材料だったたっけ。

「風鈴草だけが足りなかったんですか？」

「そうなのよ。なかなか手に入らないものだから本当に助かるわ～」

「それなら良かったです」

何となく売りに出したものだが、薬を待っている人がいるならお役に立てて良かった。

「では、どうぞ」

「ありがとう」

僕はカウンターに風鈴草を二つ出す。

待っている人がいると聞いてしまうと、多めに出したくなるんだけどね……少しにしておいた方がいいだろう。

「まあ、まあ！　これもとっても状態がいいわ。これは料金を上乗せしないといけないわね～。じゃあ、はい、これが薬草の料金ね」

「はい、ありがとうございます」

「あと、これは依頼完了の書類よ。これをギルドに持って行ってちょうだい」

「わかりました」

薬草の料金と書類を受け取った僕達は、お暇《いとま》することにする。

「それじゃあ、失礼します」

「今日は本当にありがとうね。私の依頼はかなりの頻度《ひんど》で出しているから、もし良かったらまた受けてちょうだいね」

「はい、時間があったら受けますね」

「お願いね」

無事に査定を終えた僕達は、そのまま冒険者ギルドへ向かい、依頼完了の手続きを済ませた。

ちなみに、今日仕留めた魔物のうち何種類かは解体をお願いした。肉は売らずに翌日受け取りにして、その他の素材は売りに出すことにしてね。


翌日、肉の受け取りと、予定通り連日で依頼を受けるべく冒険者ギルドへ行くと、『メディス薬店』の依頼が再び出ていた。

よく見れば、必要な薬草の内容が少し変化している。

「おにーちゃん」

「これ、やろー」

「ははっ、いいぞ」

それから僕達は、専属のように『メディス薬店』の依頼を数日連続で受け続け、午前は薬草採取、午後からは肉の調達と料理と……しばらく似たような日々を送ったのだった。

第五章　いろいろ向上させよう。

「あ、そうだ。新しいパンを作らないと！」

ルーウェン邸の談話室で寛いでいたある日、僕が唐突に思い出したことを口にすると、アレンとエレナが不思議そうに見上げてくる。

「「あたらしいパン？」」

「そう。チョコレートを混ぜ込んだクリームパンとか、惣菜パン……えっと、ご飯代わりに食べるパンの種類を増やしたいんだ」

「「たべる！」」

「作らないと食べられないよ」

「「つくる！」」

あとは、白餡、アマ芋餡、それにイシウリ餡を使ったパンも作ろうと思っていたんだよな～。

「あら、面白そうな話をしているわね」

「あ、レベッカさん」

そこにちょうどレベッカさんがやって来た。

「それなら、午後からパン屋さんに行きましょうか？」

そう言ったレベッカさんの行動は素早く、すぐさま先触れの使いが出された。

そして、昼ご飯を済ませた僕達は、以前行ったことがある冒険者ギルド近くのパン屋ではなく、ルーウェン邸近くのパン屋さんに向かった。どうやら、レベッカさんは複数の店の後ろ盾をしているようだ。

「店主、急にごめんなさいね」

「いいえ、問題ありません！　えっと、奥様？　そちらの方々はどなたでしょうか？」

「私が子供や孫のように思っている子達よ。ちなみに、私が提供したパンのレシピを考案したのが彼、タクミさんよ」

「なんと！」

レベッカさんの言葉に、店主である中年男性が目を見開いてガバッとこちらを向く。

「タクミさん、彼がこの店の店主よ」

「ホルスと申します！　お会いできて光栄です！」

店主――ホルスさんの勢いに押されつつ、挨拶を返す。

「こ、こんにちは、タクミです。この子達が――」

「アレンです」

「エレナです」

「僕の弟と妹です。今日は新しいパンを作りたくて……急に訪問してすみません」

「とんでもない、新しいパンの製作に関われるなんて光栄です！」

新しいパンと聞いて、ホルスさんの目が輝く。

あ～、うん、新しい料理を目の前にした料理人達や、珍しい素材を目の前にした職人達の、こういう反応にも慣れてきたな～。

「まずはパン生地《きじ》を――」

「たっぷりと用意しております！」

「あ、そうなんですね。ありがとうございます」

レベッカさんは、僕達が行くことは伝えていなかったようだが、パン生地を用意して欲しいことはしっかりと伝えてくれていたんだな。

というか、ホルスさん、やる気が漲《みなぎ》っているな～。

「じゃあ、クリーム作りからかな」

「「おー！」」

「お手伝いします！」

白餡とアマ芋餡は作ったものがあるから、チョコレートを混ぜたカスタードクリームとイシウリの餡を作っちゃおう。

ホルスさんも子供達もやる気満々だったので、手伝ってもらいながらさくさく作っていく。

「それがチョコレートを混ぜたクリームね。美味しそうね～」

「「おいしそう～」」

見学に徹《てっ》していたレベッカさんだったが、チョコレートクリームを魔法で冷ましているタイミングで、子供達を伴って近寄ってくる。

「味見をしますか？」

「ふふっ、お願いするわ」

「「あじみするー」」

「お願いします！」

味見が目当てだと思ったので自分から話を振ってみると、レベッカさんはにっこりと微笑む。もちろん、アレンとエレナ、ホルスさんも便乗してくる。

「タクミさん、とても美味しいわ～」

「「おいひぃ～」」

「これは凄い！」

早速、四人はスプーンでクリームを掬《すく》って食べると、にっこりと微笑む。

「チョコレートは確か……カオカという豆を使っているのよね？」

「はい、そうです。でも、カオカ豆はあまり出回っていないみたいですね」

「これほど美味しいものに化けるものだと知らなかったものね」

……化けるって。レベッカさん、言い方！

「一応、見つけたら確保してもらえるようにフィジー商会に頼んではいるんですけど……連絡はないですね」

今のところ、確保したという連絡は受けていない。この前店に行った時も、何も言われなかったし。

「需要が増えない限り、出回るようにはならないわよね」

「そうですね。それに、採れるのは迷宮だと聞いています」

冒険者は売れないものを迷宮から持ち帰ることはないから、カオカ豆に価値があることを黙っていたら、いつまで経っても出回ることはないかも。あ、そういえば、どこの迷宮かまでは聞いていなかったな〜。

というか、クレタ国に行った時にカオカ豆を探すのを忘れていたよ。

「あら、迷宮なの？　それならもう、いっそのこと依頼を出してしまいましょう」

「依頼って、冒険者にですか？」

「そうよ。階層によっては、依頼を出して収穫してきてもらったほうが安く済んだりするわよ」

「へぇ〜」

そうだよな。迷宮品でも低層でたくさん採れるようだったら、それほど依頼料は高くならないもんな。

「というか、レベッカさん、カオカ豆が欲しいんですか？　それなら、僕の持っているものを分けますよ？」

「あら、それじゃあ、販売できないじゃない。材料が安定して入ってくるルートを確保しないとね。それとも、あれかしら？　このクリームは門外不出なのかしら？」

「いやいや、門外不出とか……そんな扱いにしなくていいです。材料が確保できるなら、全然売ってもらって構いません。というか、いつでも買えるようになるのは嬉しいです」

「ふふっ、じゃあ、私に任せてもらってもいいかしら？」

「はい、お願いします」

自分で作るのも嫌いじゃないが、でき上がっているものを欲しい時に買えるほうがいいに決まっている。

それに、細々としたことはレベッカさんが全部引き受けてくれるみたいだから、僕が何かしらやらなければいけないことがない。それなら、了承するしかないよね！

「でも、その前にパンを作っちゃいましょうか」

「それもそうね。完成したものを早く食べたいものね」

「「たべたーい！」」

「私もです！」

販売云々《うんぬん》の話はとりあえず置いておいて、パンを完成させるべくクリームと餡をパン生地で包んでいく。

「「できたー」」

「これであとは、最後に発酵《はっこう》させて焼くだけだな」

「そうでございますね。しかし……生地を多く用意し過ぎましたかね」

クリームと餡を全部包み終わったが、パン生地はまだ残っていた。

「いえいえ、他にもいろいろ作りたいんで大丈夫ですよ！」

「そうなのですか？」

何にしようかな～。あ、角切りにしたハードタイプのチーズを混ぜるチーズパンなら簡単に作れるな。幸い、チーズは持っているしな！

僕はすぐに、《無限収納《インベントリ》》からチーズを取り出す。

「あら、それはチーズかしら？」

「そうです。これを小さく切って……」

パン生地は楕円形《だえんけい》に平らにし、そこに切ったチーズをちりばめる。そして、それをくるくるっと巻いていく。

「こんな感じかな。アレン、エレナ、手伝って」

「「やる～」」

一個見本で作って見せてから、アレンとエレナにも手伝ってもらう。

「あ、切ったベーコンを一緒に巻いてもいいかも」

「『それ、やる～』」

「コトウの実もいいかな？」

「『それも～』」

チーズパンの他に、思いつきでチーズ＆ベーコン、チーズ＆コトウ――クルミのパンも作ることにした。

チーズ＆コーンも作りたかったが、残念ながら生のコーンがなかったので断念だな。

「よし、あとは焼くだけだ」

「『たのしみ～』」

焼きあがったパンは、どれもいい感じにできあがり、みんなに大変好評だった。

なので、どのパンも販売に向けて動き出したのだった。

◇　◇　◇

「ねぇ、タクミさん、今日の予定は決まっているのかしら？」

「いいえ、まだ決めていませんね」

翌日、朝ご飯を食べ終わった直後、レベッカさんが僕達の予定を聞いてきた。

「決まっていないのなら、私と一緒に孤児院へ行かない？」

「孤児院ですか？　ええ、構わないですよ」

孤児院か〜。えっと、何だっけ？　慰問《いもん》っていうやつか？

あれ？　地球で読んだことがある異世界ものの物語では、神殿が孤児院を経営していたりしたよな？　どの街でも神殿には行ったけど、孤児院には気づかなかった。この世界では違うのかな？

「えっと……今からですか？」

「いえ、お昼の少し前に行く予定よ。お昼ご飯用の材料を持ってね」

「そうなんですね。じゃあ、お手伝いを頑張らないと」

「『おてつだいがんばる！』」

「ふふっ、ありがとう」

というわけで、レベッカさんに伴《ともな》われてやって来た孤児院。

馬車で移動している最中にレベッカさんに詳しく聞いてみたが、孤児院は神殿が経営しているのではなく、国や領主から出る資金で成り立っているようだ。

「こんにちは、院長」

「レベッカ様、ようこそおいでくださいました」

出迎えてくれた院長と呼ばれた人は初老の女性で、レベッカさんに向かって穏やかに微笑んでいた。

「変わりはないかしら？」

「はい、子供達は健やかに過ごしております」

「そう、それは良かったわ。じゃあ、いつものように食事の用意をさせるわね」

「ありがとうございます」

レベッカさんの指示で、ルーウェン家から一緒に来た料理人やメイド達が、食材などの荷物を運び込み始める。

「えっと、僕もお手伝いを……」

「「……おてつだい」」

「あら、あっちのお手伝いはいいのよ。私と一緒にいるのがお手伝いよ」

料理の手伝いをするつもりで来たのだが、レベッカさんに早々に却下されてしまった。

レベッカさんからしたら、一緒に訪問すること自体が手伝いのようだ。

「タクミさん、孤児院は初めてよね？」

「はい、そうですね。子供達も健康そうですし、環境も良さそうですね」

「あら、そう見える？　それなら良かったわ」

ざっと見ただけでも子供は十数人いるが、その誰もが子供特有のふっくりとした顔だ。

「レベッカさまだ～」

「本当だ！」

「レベッカさま、いらっしゃい！」

アレンやエレナより小さい三、四歳から、十三、四歳だろう成人前くらいの子供が、こちらに駆け寄ってくる。

「あれ～？　だーれ？」

集まった子供達が僕達に気がつき、注目してくる。

「こんにちは。レベッカ様のお手伝いのタクミです。この子達が――」

「……アレンです」

「……エレナです」

以前に比べれば人見知りをしなくなってきたアレンとエレナだが、たくさんの子供達の視線は初めてだったからか、少し緊張しているみたいだ。

「僕の弟と妹なんだ。一緒に遊んでくれる？」

「いいよ！」

「一緒に遊ぼー」

「何して遊ぶ？」

孤児院の子供達は社交的なようで、すぐに了承の返事をしながらアレンとエレナに近寄ってくる。

「……おてつだいはー？」

アレンとエレナはおずおずと僕を見上げてくる。

ここにはお手伝いをすると言って来たから気にしているのかな。

「お手伝いは大丈夫みたい。だから、アレンとエレナは遊んでおいで」

こんなにたくさんの子供達と一緒に遊ぶ機会なんてそうないので、アレンとエレナには楽しんでもらいたい。

「レベッカさん、遊び道具を出しても問題ありませんか？」

「ええ、大丈夫よ」

「そうですか、ありがとうございます」

僕は《無限収納《インベントリ》》からシャボン風船を取り出す。

「ほら、これで遊んだらどうだ？」

「お兄ちゃん、これなーに？」

孤児院の子供はシャボン風船が気になるようで、目を輝かせる。

「シャボン風船だよ。アレン、エレナ、遊び方を教えてあげて」

「うん、わかった」

「早く行こうー」

「あそぶ、あそぶ」

アレンとエレナはシャボン風船を受け取ると、孤児院の子供達と広い場所へと移動していった。

それを見送ってから、僕はレベッカさんに向き直って、ふと気になったことを聞いてみる。

「そうだ、レベッカさん、寄付をしたい場合、どうしたらいいんですか？」

「あら、タクミさん、安易に寄付金を出してはいけないわよ」

「ええ⁉　そうなんですか？」

寄付って駄目なんだ。僕達ってそれなりにお金を持っているから、少し寄付したほうがいいかな～って思ったんだけど……。

「安易に、ね。駄目ってわけではないわ」

「安易じゃなかったらいいんですか？」

「ええ。だけど、タクミさん、孤児院の子供が仮にガリガリだったとしたら、すぐに寄付しちゃいそうなんだもの。注意しておかないとね～」

「あ～、それは見ていられなくてするかも……」

現に、アレンとエレナもガリガリだった状態で見つけ、すぐに食べるものを与えて、育てちゃったりしている。まあ、それは縁があったからだ。

よほどの縁がなければ引き取りはしないだろうが……お金はたっぷりとあるから、援助はするかもな？

「先ほども言ったけれど、孤児院はね、国や領主が経営しているの。つまりお金はあるはずなのに、子供達の栄養状態が悪かったり、建物が明らかにボロボロだったりした場合、何が考えられる？」

「あ～、領主や孤児院の院長が経営を怠《おこた》っている？」

「他にも実務をする者が原因になっている可能性があるけれど、そういうことよ」

なるほどな～。そんなところにお金を渡しても、正しく使われるかはわからないか。

「だから、タクミさんが他の街でそういう孤児院を見かけた場合は、すぐに陛下に報告するのよ」

「え、陛下って、トリスタン様に!?」

「ええ。誰が悪いかわからない状態で下手に追及したら隠蔽《いんぺい》されてしまうもの。いっそのこと、一番上に報告して、調査もそちらに任せるのが一番よ」

確かに、レベッカさんの言う通りだな。もし、そういう孤児院を見かけたらトリスタン様に報告という名の丸投げをしよう。

「わかりました、そうします。でも、しっかりしたところに寄付するのは問題ないんですよね？」

「ふふっ、それは大丈夫よ。そうね、建物とかはどうしても老朽化《ろうきゅうか》するし不測の事態が起こったりもするから、年間予算が組まれていたとしても足りない場合があるわ。だから、寄付はありがたいことなのよ」

「ここではあれなんで、邸《やしき》に戻ったら受け取ってくださいね」

「ありがとう。ちなみに、寄付金を何に使って欲しいか、用途をしっかりと伝えて渡すのも大切よ。もしくは、お金じゃなくて生活必需品を寄付する方法もあるわ」

「勉強になります」

本当に知らないことばかりで勉強になる。

レベッカさんと話しているうちに、昼ご飯ができたらしい。子供達が揃って食堂に移動していくのが見える。

孤児院の子供達が、アレンとエレナも一緒に行こうと誘っている様子が窺えた。

しかし、アレンとエレナは一緒に行ってもいいものか悩んでいるようで、ちらちらと僕のほうを見てくる。

「あらあら、すっかり仲良くなったみたいね」

「ですね」

僕は身振り手振りで一緒に行くように伝えると、アレンとエレナは頷いて食堂のほうへと向かう。

「タクミさん、私達も食堂に移動しましょうか」

「はい。いや～、でも、ちょっと寂しいですね～」

「子供達が少し兄離れをしたのがかしら？」

「はい」

前なら迷いなく僕のもとに戻ってきたアレンとエレナが、別行動を始めた。それは成長の証なので嬉しいことに違いはないのだが、同時に寂しくもある。

「ふふっ、子供の成長はあっという間よ～」

「そうですよね。あ～、僕のほうが弟離れ、妹離れできなかったらどうしよう」

「あらあら！」

切実な思いを口に出したら、レベッカさんが愉快そうに笑い出してしまった。

「酷いですよ、レベッカさん。僕は凄く真剣なんですから」

「ふふっ、ごめんなさい。でも、大丈夫よ。アレンちゃんもエレナちゃんも、お兄ちゃんが大好きなのは変わらないわ」

「二人はレベッカさんのことも大好きですよ。もちろん、僕もね」

「あら、それは嬉しいわ。では、私の大切な息子に食堂までエスコートしてもらおうかしら」

「お任せください」

僕達は微笑み合いながら、食堂へと向かった。


本日の昼食のメニューは、ホーンラビットの肉といろんな種類の野菜を使った具だくさんのスープと、シンプルなパンである。

「嬉しそうに食べていますね」

「ふふっ、そうね～」

孤児院の子供達の、「お肉がいっぱい」「いろんな野菜が入っている」なんて会話を聞く限り、僕としては普通に見えるメニューでも、孤児院の子供達にとってはご馳走《ちそう》らしい。

「やっぱりお肉はあまり食べられないんですか？」

「そうね～、運営資金も潤沢《じゅんたく》ではないのよね～」

レベッカさんはそう言うが、院長さんは首を横に振る。

「いいえ、レベッカ様をはじめ、ルーウェン家の方々にはとても良くしていただいております」

「でも、やっぱり安い野菜を主にしてお腹を満たすことが優先になっちゃうのよね～」

限られた資金の中で、これだけの子供達の生活の面倒を見るんだもんな。予算のやり繰りは大変だよな～。

「毎食食べられるだけでもありがたいことなんです。それに、ここを卒院して冒険者になった子が、自分達で狩った魔物のお肉を持ってきてくれたりもするので、助かっております」

「へぇ～、冒険者になった子もいるんですか」

「ええ、この街に残っているのはまだ成人して間もない子達ですが、頑張っております」

おお～、自分がいた孤児院に孝行するなんて、良い子達だな～。

「僕も冒険者なんです。なので、もしかしたら冒険者ギルドで会うかもしれませんね。見かけたら気に掛けておきます」

「ありがとうございます！」

「ふふっ、高ランクであるタクミさんが面倒を見るなら百人力ね」

「まあ、高ランクの！　そうなのですか！　冒険者はやはり危ない仕事ですから、助言をいただけるだけでもあの子達のためになります！　お願いします！」

僕が高ランクの冒険者だと聞いたからか、院長さんがとても喜ぶ。しかし——

「あ～、でも、僕はそれほど冒険者としての経験は少ないし、そんなに活動しているわけではないので、あまり過剰《かじょう》な期待はしないでくださいね」

「ええ、もちろんです。あの子達を見かけた時、困っているようでしたら話を聞いてもらえるだけでも助かります」

「まあ、それくらいなら問題ないですね」

「ありがとうございます！」

話を聞くくらいならできると思ったので了承の言葉を伝えると、院長さんは大袈裟なくらい喜んでいた。

いくらなんでも喜び過ぎのような気がしたが、どことなく必死そうだったので突っ込むことはせずに、冒険者をやっている子達の特徴を聞いておいた。

「本日はありがとうございました」

「また遊びに来てね～」

「「ばいばーい」」

昼食が終わり、挨拶をしてからレベッカさんと共に馬車に乗り込む。だが、一緒に遊んだ子達と仲良くなり始めていたアレンとエレナは、少し寂しそうにしていた。

「また遊びに来ような」

「「……うん」」

二人とも楽しそうにしていたし、近いうちにまた遊びに来ようと決める。

「ところで、レベッカさん」

馬車に揺られながら、僕はレベッカさんに疑問に思ったことを尋ねてみることにした。

「孤児院の子供達って、冒険者になる子が多いんですか？　院長さんの話だと、定期的に冒険者になる子がいるみたいでしたよね？」

「そうね。改善しようとしてはいるんだけど、孤児院の子達が街の中で職に就こうとしても、どうしても仕事が限られてしまうのよ。その中でも冒険者はハードルが低い仕事になるわ」

知識や技術的なもので苦労するってことかな？　その点、冒険者は誰でも登録は可能だもんな。

「それこそ、戦う技術がなくても冒険者になる子もいるわ」

「え!?　それって危険なんじゃ……」

「もちろん、危険よ。院長も気が気でないのでしょう。だから、僅《わず》かでも子供達が生存できる可能性を上げたいのよ」

なるほど、それで院長さんはあんなに必死そうだったのか。

戦う技術がないまま冒険者か～。

……うん、僕だったら無理だな。怖い。

シルに与えられた能力がなかったら、絶対に冒険者になんてならなかっただろうな。というか、この世界に到着した時点で死んでるな！　ガヤの森だったし！

「ん～……」

「タクミさん、どうしたの？」

「レベッカさん、僕が寄付金を出したら、孤児院に教師を派遣することってできますか？」

「教師？　まあ、タクミさんは面白いことを考えるわね～」

「あのくらいの歳の子達は勉強を嫌がるかもしれませんし、付け焼き刃にしかならないかもしれません。だけど、学ぶ意欲のある子に機会をあげたいです」

この世界には義務教育なんてものはない。学びたいと思っても、学ぶことができないのは辛いだろう。

「具体的には何の教師を考えているの？」

「何でもいいんです。読み書きと計算とか、マナーとか、武術の手ほどきとか……子供達の可能性を広げられるものであれば……——って!?　え？　何ですか!?」

レベッカさんが突然、僕の頭を撫でてくる。

「うちの息子が良い子で、嬉しくなっちゃって」

レベッカさんはニコニコしながら頭を撫で続けるが、そろそろ恥ずかしくなってくる。

「「おばーさま～」」

そこで、頭を撫でられる僕が羨《うらや》ましくなったのか、アレンとエレナが声を上げ、自分の頭を差し出す。

「あらあら、アレンちゃんとエレナちゃんも良い子よ～」

レベッカさんは微笑みながら子供達の頭も撫でる。

「そ、それで、どうですかね？」

「結論から言うと、教師の派遣はできるわ。むしろ、タクミさんが寄付しなくても実施するわ」

「いやいやいや、寄付はしますよ！　だけど、何の教師をどれだけ派遣するか、それこそ僕が出す寄付金で賄《まかな》える回数だけ派遣するのか、継続して派遣するかはレベッカさん達で決めてください」

「もう！　本当にタクミさんは良い子ね～」

……また頭を撫でられた。しかも、今度はアレンとエレナも一緒に僕の頭を撫でてくるので、馬車がルーウェン邸に到着した頃には、僕の髪はすっかりぐちゃぐちゃになっていたのだった。

ちなみに、邸《やしき》に戻ってすぐに、ヴェリオさんにも孤児院への教師派遣の件について話してみると、すぐに賛成してくれ、早速詳細を詰めることになった。

◇　◇　◇

孤児院へ行った数日後、僕は朝食の際にレベッカさんにとあることを尋ねてみた。

「レベッカさん、大工を紹介してくれませんか？」

僕の言葉にレベッカさんが驚いたように目を見開いた。

「大工？　え、タクミさん、家を建てるの？　どうして？　うちは居心地が悪かった⁉」

「いやいやいや！　違いますよ⁉」

「じゃあ、最近忙しくて構ってあげられなかったから？」

「それも違いますよ！」

孤児院への教師派遣の件で、レベッカさんが少し忙しくなったため、僕達と一緒に過ごすことが少なくなった。だが、そもそもそれは僕が提案したからだ。それで機嫌を損ねることは絶対にない！

「ほら、僕って《無限収納《インベントリ》》を使えますよね。だから、道中で使えるような小屋を持ち歩いたら、旅が楽になるかな～って思ってですね」

「まあ！　タクミさんったら、また突拍子《とっぴょうし》もないことを思いつくのね～」

「そうですか？」

「そうよ。でも、面白いわ！　それなら任せてちょうだい。すぐに紹介状を書くわね」

移動用の持ち運びできる家、という発想はよほど珍しかったらしい。

森や山の中でも《無限収納《インベントリ》》に家があれば、屋根の下で休めるんじゃないかと安易に思っただけなんだよな～。

「「ここー？」」

「そうだね。ここだね」

というわけで、早速、僕は子供達を連れて紹介してもらった店へとやって来た。

「「こんにちはー」」

「ん？　なんじゃい」

店の中に入れば、筋肉むきむきの中年男性がいた。身長が低めで、いかにもドワーフという感じの男性だ。

彼は僕達の顔を見ると訝《いぶか》し気な表情をした。

「えっと……家を造ってもらいたいんですが……店長さんですか？」

「ああ、儂《わし》がここの工房長じゃが……随分と若いのが来たな。家を建てるには金が掛かるんじゃぞ」

確かにその言葉通り、家を注文する年齢層はかなり上だ。だから、店長改め、工房長さんはやってきた僕が若いことに驚き、あの表情だったのだろう。

「それなら大丈夫です。あ、これ、紹介状です」

「どれ？　――何っ!?　ルーウェン家の紹介状じゃと!!　知り合いか？」

「ええ、お世話になっています」

紹介状の内容を見て、工房長さんは驚愕《きょうがく》しながら僕のほうを見てくる。

「「おばーさま！」」

「何っ!?」

そこで、アレンとエレナが不用意な発言をしたせいで、工場長さんが目を大きく見開く。そのため僕は、慌ててフォローする。

「血縁ではないですからね！」

「隠し子ではないってか？　まあ儂は、あの家に限ってそんなことはないってわかるんじゃが……聞く者によっては勘繰る者も出てくるかもしれん発言じゃな」

「ですよね。気をつけます」

工房長さんは問題はなさそうだが、ルーウェン家の変な噂になりかねないので気をつけないとな～。

そんな僕達のやり取りを見て、アレンとエレナがしょんぼりしながら聞いてくる。

「「おばーさま、いっちゃだめー？」」

「うーん、会ったばかりの人とか知らない人とかがいるところでは言わないほうがいいかな」

「「あぅ～」」

「僕達や仲の良い人達だけの時で我慢な。じゃないと、レベッカさんに迷惑を掛けるかもしれないからな」

「……わかった～」

「……がまんする～」

アレンとエレナとしては言って回りたいことかもしれないが、さすがに我慢してもらおう。

「ふむ。どんな関係にしろ、支払いはルーウェン家がするということじゃな？」

「いいえ！　支払いは僕がしますよ。これでも僕はそこそこ稼いでいますので！」

紹介はしてもらったが、間違ってもルーウェン家に支払わせることはない！

「そうなのか？　領主家の紹介だとしても値引きはせんぞ？」

「大丈夫です。えっと、僕がAランクの冒険者だと聞けば安心してもらえますか？」

「おぉ、そうなのか！　全く見えねぇが、本当に戦えるんかい？」

よく強そうには見えないと言われるが、ここまではっきりと言われたのは初めてかもしれない。

「武器系は全然です。けど、魔法でなんとかやっています」

「ふむ。魔法か、それなら何とかなるのか？　まあ、いい。で、どんな家を建てたいんじゃ？」

「二軒お願いしたいんですけど、一軒目はワンフロアの小さめの小屋がいいんです。狭い場所に設置できるような」

家は使い分けするために、二軒注文しようと思っている。

一軒目は、木などが密集している場所でも出しやすいように小さめのもの。ちょっとした休憩だったり、急遽《きゅうきょ》雨宿りの必要があったりする時に使う用だ。

「造り的には、小屋というよりは倉庫だな。そんで、次は？」

「もう一つは、台所付きの居間、寝室、浴室、トイレがあればいいかな。玄関も居間に直結で構わないので、家自体があまり大きくならないようにしたいですね」

二軒目は、最低限の生活に必要な設備を入れて、寛ぐスペースを広めにしたイメージだ。でもやっぱり街の外で使うものなので、どこにでも設置しやすいように、あまり大きくないもののイメージを伝える。

「変わった注文じゃが、造れないわけではないな。で、その二つは同じ場所に建てるんか？」

「あ〜、それなんですけど……持ち運びする予定なので、地面には固定しない造りにして欲しいんですよね」

「はぁ⁉　持ち運ぶって、家をか⁉」

「はい。吹聴《ふいちょう》はしないでもらいたいんですが、僕、《無限収納《インベントリ》》が使えるので、家くらいの大きさでも持ち運べるんですよ。だから、依頼の最中とかに使いたいな〜と思いまして」

そういえば、肝心なことを伝え忘れていたと思い、家の使用目的を伝えると——

「ガハハハハ！」

突然、工房長さんが大笑いし出した。

「えっと……？」

「こんな面白い注文は初めてじゃ！　愉快じゃ！」

……どうやらお気に召してくれたらしい？

「持ち歩く家か。それなら普通の間取りでは駄目じゃな」

「ええ、必要なさそうなものは極力省きたいですね」

「じゃな。よし、図面を引いて、もっと細かく話を詰めるぞ！」

「はい、お願いします」

僕が頭を下げると、工房長さんは頷く。

「ああ、名乗ってなかったな。儂はイヴァーノじゃ」

「僕はタクミです」

「アレン」

「エレナ」

「おう。坊主達も何かあったら言えよ」

「「うん」」

急にノリノリになった工房長さん改め、イヴァーノさんと細かく話し合いをしていく。

家は両方とも、自然に溶け込められるように丸太を使ったログハウス風にすることにした。

小屋のほうは土足で入れて、大きめのテーブルと椅子が設置できる六畳くらいのもの。

もう一つの家は、ちょっとした玄関で靴を脱ぐと、すぐに絨毯《じゅうたん》を敷いた居間。ソファーとローテーブルで完全に寛げる造りにし、部屋の隅に軽食の準備ができるくらいの水場と作業台。トイレと浴室は別々で、魔道具は惜しまない。寝室にはベッドを置くのではなく、部屋の半分以上を少し高くして、そこをベッドとして使えるようにしてもらう予定だ。一応、ジュール達全員が一緒に乗って眠れるようにと思ってな。

家具や布団も、家のサイズに合わせてイヴァーノさんに注文してもらう算段をつける。

「建てる場所が必要だったら、ルーウェン家が所有する空き地を貸してくれるそうです」

「そりゃあ、助かる」

今はちょうど手が空いているということで、すぐに作業に取り掛かってもらえることになり、僕達は前金を支払ってから店を後にした。

家の注文が済んだ後は、フィジー商会へ向かう。お願いしていた品が完成し、なおかつ販売開始になると連絡を受けたからだ。

今回頼んだものは、青海苔、のり塩、昆布塩、ゴマ塩。試作品を見せてもらった段階では問題なかったので、今日は早速仕入れるつもりだ。

そして、タコ焼き、のり塩のポテトチップスあたりはすぐに作りたいと思っている。

そんなことを考えながら歩いているうちに、フィジー商会に到着した。

「こんにちは」

「「こんにちは～」」

「タクミ様、ようこそいらっしゃいました」

僕達を迎えてくれたのは、なんとハンナさんだった。

「え、支店長であるハンナさんが店頭に立っているんですか⁉」

「いえいえ、今日はタクミ様にお越しいただけるという話でしたので、お待たせするわけにはいかないとこちらで仕事をしておりました。普段は基本的に奥にいますので、ご安心ください」

いやいや、それは逆に全然安心できない。

確かに、フィジー商会から連絡を貰った時に今日訪ねると言っておいたが、待ち構えられているとは思わなかった。なんだかちょっと申し訳ない。

……今度、用事がある時は予告なしで来ることにしよう。

「えっと、早速新しい調味料を買いたいんですけど、いいですかね？」

「はい、もちろんですよ」

ハンナさんがすぐに商品を持ってきてくれる。

「タクミ様、こちらになります」

ちょっと大きめの瓶に入っているのが青海苔、お手軽塩シリーズと同じ大きさの瓶に水色の蓋がのり塩、灰色の蓋が昆布塩、紫の蓋がゴマ塩（黒のすりゴマ）、藤色《ふじいろ》の蓋がゴマ塩（白のすりゴマ）ということだ。

「おぉ～、ありがとうございます」

「いえいえ、こちらこそありがとうございます。お手軽塩シリーズは人気がありますからね、新作が出たとなればまた販売数が伸びるでしょう！」

お手軽塩シリーズの認知度はまだまだだと思っていたが、そこそこ売れているようだな。

とはいっても、僕のネタも尽きたので、あとはフィジー商会の人が思いつかない限り、新作は打ち止めだな～。

まあ、そんなことは馬鹿正直に言わずに、また新作を思いついたら来ますね、と濁《にご》しつつフィジー商会を後にしたのだった。

「さて、今日はタコ焼きを作りたいと思います」

「はーい！」

ルーウェン邸に戻ると、僕は早速タコ焼きに挑戦することにした。

なにせ青海苔が手に入ったのだ。試すのにはタコ焼きがもってこいだろう。

場所は厨房《ちゅうぼう》ではなく自分の部屋。王都で作ってもらったホットプレートの魔道具で作れるからな。

「生地は用意したし、タコもばっちり！」

「ばっちりー！」

「マヨネーズとなんちゃってだけどソースも用意したし、青海苔と鰹節《かつおぶし》も大丈夫」

「じゅんびー」

「ばんたーん」

「だな。じゃあ、作るぞ」

「「おー！」」

温めたプレートに生地を流していき、下茹《したゆ》でしてひと口サイズに切ったタコを投入。

「つぎはー？」

「なーにー？」

「周りが焼けるまでちょっと待って～」

子供達は「「じゅーじゅー♪」」と言いながらホットプレートを見つめている。

「そろそろかな。そうしたら、こう……くるくるっと」

「「おぉ～、くるくる～」」

細い棒でひっくり返すようにくるくる生地を回し、丸い形を作っていく。

「「まるくなった！」」

タコ焼きはあまり作ったことはなかったが、やってみればできるもんだな～。

「よし、焼けたな」

「「やけたー」」

「じゃあ、お皿に取ってマヨネーズとソースをかけて、っと。アレン、青海苔をパラパラね。エレナは鰹節をパラパラね」

「「パラパラする〜」」

「できあがり〜」

「「できたー」」

できたてのタコ焼きを早速食べてみる。

「「はふっ！」」

「熱いぞ！　って、遅かったか？　火傷《やけど》はしてないか？」

アレンとエレナが、できたて熱々のタコ焼きを丸々一つ頬張るのを見て、僕は慌てる。

「「おいひぃ〜」」

しかし、アレンとエレナは火傷した様子はなく、むしろ顔をほっこりさせながら、はふはふ噛みしめている。

「できたては熱々だから気をつけるんだよ」

「「うん」」

いや、ちょっと待てよ。僕も子供達も、【身体異常耐性】スキルを持っているし、火傷はしないかな？　でも、僕の熟練度はカンストしているから何も問題ないとしても、子供達の練度まではわからないから、どの程度まで大丈夫かはわからないけどな。

まあ、少なくとも食べものでの火傷の心配はしなくても大丈夫そうなので、僕もタコ焼きを食べてみる。

「お、なかなか美味しくできたな」

良い感じである。これなら量産しても大丈夫だな。

「食べやすいから小腹が減った時にちょうどいいな。それと、レベッカさん達の味見用とジュール達の分も作っておきたいな……アレン、エレナ、手伝ってくれるか？」

「「うん！」」

僕の言葉に、二人は元気に頷く。

「アレン、くるくるやってみたい！」

「エレナも、エレナも！」

「いいぞ、やってみるか」

「「やったー」」

焼いたものを食べきると、今度は量産に取り掛かる。

「そろそろいいぞ」

「「はーい。えっと……こう？」」

「そうそう、良い感じ」

「「くるくる、くるくる♪」」

「お～、上手、上手」

「「えへへ～」」

アレンとエレナは器用にタコ焼きの形を作っていく。

「もうちょっとくるくるしながら焼いて、さっき食べたくらいの色になったら大丈夫だから、お皿に取ってな」

「「はーい」」

もう少しでできあがる、というところで扉がノックされた。

「はーい」

ホットプレートはアレンとエレナに任せても大丈夫そうだったので、僕は傍を離れて扉を開けた。

すると、そこにはレベッカさんとヴェリオさんの姿があった。

「あれ、どうしたんですか？」

「使用人達がね、タクミさんの部屋から良い匂いがするって言うのよ」

「タクミくん、何を作っているんだい？」

そんなに匂いはしないと思ったが、意外と部屋から漏れていたようだ。それで使用人さんからレベッカさん達へ報告が行ってしまったらしい。

「すみません」

「いやいや、タクミくん、勘違いしないでくれよ。責めているわけじゃないからな」

「そうよ。私もヴェリオさんも仲間に入れてもらおうと思って来たのよ」

「そうなんですか？　それなら……」

「おにーちゃん」

「やけたよー」

「はーい。――ちょうどできたみたいです。中にどうぞ」

レベッカさんとヴェリオさんを部屋に招き入れ、タコ焼きをお皿に取るアレンとエレナのもとへ案内する。

「パラパラするから」

「ソースかけて～」

「はいはーい」

すると、アレンが青海苔を、エレナが鰹節を持って待ち構えていて、早くソースとマヨネーズをかけろと急かしてくる。

「はい。じゃあ、パラパラしたらレベッカさんとヴェリオさんに食べさせてあげて」

「「うん！」」

アレンとエレナはできあがったタコ焼きに青海苔と鰹節をかけると、レベッカさん達へと嬉しそうに差し出す。

「おばーさま、たべて～」

「ヴェリオにーさまもたべて～」

レベッカさんもヴェリオさんも、興味津々《きょうみしんしん》といった様子でタコ焼きを口に運ぶ。

「あらあら！　美味しいわ！」

「本当だ。美味しいですね」

「「やったー！」」

タコ焼きはレベッカさんとヴェリオさんの口に合ったらしい。

「タクミくん、これは何という料理だい？」

「タコ焼きっていうものです」

「「……タコ？」」

しかし、レベッカさんとヴェリオさんは〝タコ〟という言葉に戸惑ったような表情を浮かべる。

「えっと……中に入っているのがタコなんですけど……苦手な食べものでした？」

「タクミさん、タコってあれよね？　海にいる変わった生きものよね？」

「そうそう。ぐにゃぐにゃしていて、手だか足だかわからないものがたくさんある、あの生きものかい？」

「は、はい、それだと思います」

「「……」」

レベッカさんとヴェリオさんが呆然としている。

もしかして、タコって食べては駄目なものだったとか？　そう思って聞こうとしたのだが――

「あ、あの……」

「タコって意外と美味しいのね～」

「そうですね。食感も面白いですしね」

何も問題なかったようで、ヴェリオさんが言葉を続ける。

「見た目があれなので今まで食べようとは思いませんでしたが、これは廃棄するのはもったいないですね」

「そうね～。でも、受け入れられるかしら？」

どうやらタコは食べられないものだと思っていたらしく、漁で獲れても廃棄されていたらしい。

しかし、今後はそれを取り止めさせる方針で行くそうだ。

変なものを食べさせたと怒られることはなく、受け入れられたことにひと安心だが……ルーウェン家の人達は本当に懐が深いよな～。

「そこは私達のように料理から攻めればいいのではないですか？　――タクミくん、もっとタコを使っていることがわかりやすい料理はあるかい？　あるなら教えて欲しいのだけど」

「はい、数点でいいのならありますね」

ヴェリオさんにそう言われたので、僕は喜んで協力することにする。

タコの下処理の仕方と、ぱっと思いついたタコの唐揚げやタコの酢ミソ和えなどを教えたところ、ヴェリオさんが対価を用意すると言ってくれたが……さすがにお断りした。

日頃からお世話になっているし、黙ってタコを食べさせてしまったお詫《わ》びだ。

そのことを伝えれば、ヴェリオさんは引き下がってくれた。

「それにしても、本当にタクミさんにはいつも驚かされるわ～」

「ええ、そうですね」

今回はまあ、脅かせてしまったことは認めるが、〝いつも〟という評価はちょっと不本意だった。

◇◇◇

タコ焼きを披露した翌日、僕達は冒険者ギルドへとやって来た。

邸《やしき》でゴロゴロしているのもそれはそれで好きだし、料理の量産など室内でできることもあるが、天気が良かったので散歩がてら外に出て、そのついでにふらりとね。

「「いらいー？」」

「どうしようか？　特に決めてないから、依頼を見てみて面白そうなのがあったら受けて、なかったらこのまま街をぶらぶらしようか」

「「うん、わかったー」」

選《え》り好《ごの》みし過ぎる冒険者でギルドには申し訳ないが、やりたくもないことをしてまで稼がなくてはならないわけではない。やはりこの方針のほうが僕には合っている。

「うわっ！」

「――おっと」

ギルドの中に入って依頼ボードを見に行こうとした時、僕のほうに成人になりたてくらいの少年が飛んできたので、咄嗟に受け止めた。

飛んできたという表現は言い過ぎかもしれないが、〝よろけてきた〟とか〝倒れ込んできた〟とかではなかった。だって、彼の身体は完全に宙に浮いていたからな。

「大丈夫か？」

「……は、はい。あ、ありがとうございました」

少年をしっかりと立たせて怪我の有無を確認したが、問題はなさそうである。

するると、飛んできた少年と同じ年頃の少年、少女四人が慌てたように駆け寄ってきた。

「「「「ケイン！」」」」

「ケイン、大丈夫か⁉」

「け、怪我は！　怪我はない⁉」

パーティメンバーなのだろう。心配した様子で少年の安否を確認する。

「投げ飛ばすなんて！　何てことするのよ！」

気が強そうな少女が、キッ……と走って来た方向を振り向き睨みつける。

そこには、身体がごつめなガラの悪そうな男がいた。どうやら、少年はあの男に投げ飛ばされたらしい。

「ギャアギャアとうるせぇーんだよ。そんくらいで怪我するようなら冒険者なんて辞めちまえ！　そもそも、俺《おれ》が指導してやるって言うのに断るのがいけないんだ！」

「知っているんだから！　指導という名目で指導料を巻き上げるだけが目的でしょう！　断るに決まっているでしょう！」

「しっかりと指導してやっているんだから、当然の報酬だろう！」

「暴力まがいな行為が指導なわけないじゃない！」

あ、何となくわかった。あのガラの悪い男は、新人冒険者相手に指導と称してカツアゲまがいのことをしている感じだね！

で、この子達はそれを知っていたから、指導の話を断ったところ、あの男が逆上して少年をぶん投げたってところだろう。

「……はあ」

「あ!?」

くだらないことをするな〜と思わず溜め息を吐くと、ガラの悪い男は目敏《めざと》くそれに気がついた。

「何だよ、てめぇ。てめぇもガキなんざ連れて、ここをどこだと思っているんだ!?」

うわ〜、わかりやすく絡んできた。

「問題行動ばかりしていると捕まりますよ」

冒険者同士のただの争いごとならギルドも不干渉だろうけど、この男がやっていることは明らかに恐喝《きょうかつ》。立派な犯罪だから、きっとギルドも動いているだろう。

「うるせぇ！　俺を誰だと思っている！」

「いえ、知りません」

初めて会った人のことなんて知らないよ。それともあれか、この人は誰もが知っている有名人か何かか？

「俺は貴族だぞ！」

「……？」

男を【鑑定】で調べてみると、ベルファルト帝国の男爵家の三男と出た。特に有名人っていうわけではなさそうだった。

えっと……他国《ガディア国》で威張り散らしてもいいような身分じゃないよな？　というか、冒険者として活動しているのに身分を出すんだな。

「この野郎！」

僕が黙ったまま首を傾げていたのが気に食わなかったのか、男は腰に帯びていた剣を抜いた。

なんでこういう人って、こう短気なんだろう。もうちょっと考える時間をくれたっていいのにさ。

「あっ！」

男が剣を抜いた瞬間、アレンとエレナが反応していたため、僕は慌てて二人の行動を止めようと動く。

「「やあ！」」

「ちょっ！　危なっ！」

一発目の腹部への蹴りは間に合わなかったが、間一髪《かんいっぱつ》のところでアレンとエレナを掴まえて、追撃《ついげき》の脳天踵落《かかとお》としは阻止できた。

「「あいつきらーい」」

「はいはい、指は差さない。まあ、お兄ちゃんも嫌いだけど、暴力は駄目だよ」

アレンとエレナは、二人の蹴りを食らって倒れた男爵家三男さんを指差し、憤《いきどお》りを見せる。珍しく怒っている。

相手が剣を抜いていたから一発目の蹴りは正当防衛になると思うが、脳天踵落としが入っていたら確実に息の根を止めていただろう。止めるのが間に合って良かったよ。

というか、こういう展開は冒険者ギルドに登録した直後にもあったよな～。懐かしい。

しかし……レベル差かな？　近頃、アレンとエレナの動きにますます磨きが掛かってきているので、追いつくのがやっとになってきている。本格的に自分のレベル上げを考えないといけない気がする。

「おいおい、何があったんだ？」

周りがガヤガヤとしている中、今後の対策を考えていると、細マッチョの男性が近づいてきた。

周りの人達が呟く言葉を聞く限り、彼がギルドマスターのようだ。

バリバリ現役！　って感じの人だからちょっと意外だな。

「そいつは最近問題になって観察対象になっている奴か？　誰かそいつを医務室に連れて行け。ああ、監視も付けとけよ」

ギルドマスターは周りを見渡すと、すぐさま職員に指示を出し始める。

というか、絡んできた男の行動はやっぱり前々から問題になっていたんだな。

「で、あいつをあんな風にしたのは誰だ？」

「あ〜、僕達ですね。恐喝していたんで男を窘《たしな》めたら逆ギレされて、剣を抜かれたので気絶させちゃいました」

「君が？　見ない顔だな。冒険者……いや、依頼を出しに来たのか？」

「冒険者ですね、一応。この街に来てあまり経ってない上にそんなに顔を出してはいませんけど」

「そうなのか？　いや、それは今はいいか。とりあえず、別室で話を聞かせてくれ。それと、恐喝されていたっていうのは……ああ、あいつらだな。――おまえらもな」

ギルドマスターは落ち着いた様子で状況把握に努めようとし、騒ぎの当事者である新人冒険者五人組にも声を掛けた。

「あと、この騒ぎの状況がわかる奴はいるか？　できれば最初からわかる奴」

ギルドマスターはさらに話の信憑性《しんぴょうせい》を高めるためか、他の目撃者を探す。

なかなか仕事のできる人らしい。

「ギルマス、新人が絡まれたあたりからでいいんなら、俺らが見てたよ」

「エヴァンとスコットか。おまえ達なら信用できるな。悪いが時間を貰うぞ」

「了解」

「わかりました」

親切なイケメンの男性二人が名乗り出てくれたので、僕達一同はギルドマスターの指示で別室へ移動した。

「早速だが、ボブに絡まれたのはおまえ達で間違いないな。えっと……」

会議室のような部屋に入り、ギルドマスターの指定する席へそれぞれが着くと、すぐに事情聴《じじょうちょう》取《しゅ》が始まった。

「Eランクパーティの『黒猫《くろねこ》』です。あの人、『指導してやるから金をよこせ』って。だけど、あの人の悪い噂を聞いていたから断ったんです」

「あの人、断られたことが気に食わなかったみたいで、ケインに掴みかかってきて……」

「僕の体格じゃあ全然敵わなくて投げ飛ばされました。だけど、その時ちょうど通りかかったその人に助けられました」

「ふむ」

眉間《みけん》に皺《しわ》を寄せ、机に指をトントンと打ち付けながら新人冒険者達から経緯を聞くギルドマスターの視線が、僕のほうへ向く。次は僕の番のようだ。

「えっと、君は冒険者だと言ったよな？」

「はい、タクミと申します。先ほども言った通り、この街に来たのは少し前で、今日は依頼の確認をしに来たんです。ですが、来てすぐに突然、彼――ケインくんが飛んできたので、咄嗟に受け止めました」

彼を受け止めた後、何があったのかをそのまま伝える。

「ふむ。エヴァン、スコット、どうだ？」

「だいたいそんな感じだな」

「そうだな。補足するとしたら、ボブを倒したのはその男じゃなくて、一緒にいる子供達だってことだけだな」

「はぁ？」

あえて僕が詳細を省いたことを、第三者として呼ばれたイケメン男性が伝えると、ギルドマスターは呆《ほう》けた表情になった。

「ん？　んん？」

だが、ギルドマスターが呆けたのは一瞬で、今度は僕達を見ながら唸《うな》り出した。

「タクミ……黒髪の優男《やさおとこ》風……子連れ……君は『刹那《せつな》』か！」

「……」

唸っていたギルドマスターが、僕の二つ名を叫んだ。

そういえば、僕はまだ馴染んではいないが、王都でそんな二つ名をつけられたっけ。

というか、ギルドマスターは少ない情報からよく導き出したよな～。

「『刹那』ってあれですか？　冒険者になってすぐにAランクになったっていう人の二つ名ですよね？　確か、成人になりたての男性で、子連れだったとか……」

「うわっ！　マジかっ！　滅茶苦茶、当てはまっているじゃないかっ！」

イケメンの男性達――どっちがエヴァンさんでどっちがスコットさんかわからないが、一人が冷静に僕の情報を思い出しながら話し、もう一人が驚いた声を出す。

二つ名を聞いただけでそこまで情報が出てくるって凄くないか？　それって普通に知っているものなのかな？

僕は他の人の二つ名なんて全然知らないぞ？

知っているのは、王都で知り合った狼の獣人、ライゼルの二つ名が『灰狼《はいろう》』だってことくらいで、あとは全然さっぱりだ。

もしかしたら、お世話になった冒険者パーティ『ドラゴンブレス』のルドルフさんにも二つ名があるかもしれないが……知らないな～。

「で、本当に『刹那』本人？」

「その聞かれ方は答えづらいんですが……まあ、そう呼ばれたことはありますね」

紺色の髪の男性に聞かれてそう答えれば、にかっと笑みを浮かべられる。

「おぉ！　若いのに凄いのな！　俺はBランクのエヴァン、よろしく！」

「は、はい、僕はタクミです。よろしくお願いします」

彼のほうがエヴァンさんか、とても社交的っぽいな。ということは、薄い茶髪で細身、知的っぽいほうがスコットさんだな。

「エヴァン、何、突然自己紹介しているんだ」

「だって、ギルマス、せっかくなら仲良くなっておきたいじゃん」

「そういうのは、終わってからにしろ」

「はいはい、了解」

「話が逸《そ》れたから元に戻すぞ。『刹那』、君の連れている子供がボブを倒したってことで間違いないか？」

ギルドマスターの注意が入り、事情聴取が再開される。

「そうですね。一応、一撃だけで止めたので、あの男に大きな怪我はさせてないと思います」

「確かに、見事に気絶はしていたが怪我は見当たらなかったな。ボブが剣を抜いた以上、普通に考えれば問題はないんだがな……」

ギルドマスターは腕を組み、何かを考えるように唸り出す。

「何か他に問題でもあるんですか？」

「あいつが最近言い回っている身分についてはまだ調査中でな、本当かどうか確認ができてないんだよ」

ああ、自分で「貴族だぞ」って言っていたやつね。

男爵というあまり高くない身分とはいえ、それを出されたからには無視するわけにはいかないのだろうか？　あ、僕は【鑑定】で調べたが、ギルド側はまだあいつがどの程度の身分なのかわかってないのか。だから、どう対処するか検討しているのかな？

しばらく沈黙が続いたその時——

「お邪魔しますね」

「グランヴェリオ様!?　どうなされましたか？」

突然ヴェリオさんが部屋に入って来て、ギルドマスターが慌てたように立ち上がる。

そして、ギルドマスターの言葉を聞いて、僕達以外の冒険者達がざわざわする。

えっと、ヴェリオさんは領主代行だったよな。まあ、そんな人が突然登場したら、こうなるよな〜。それにしても、どうしたのだろう？

「報告を受けていた貴族を名乗る者が騒ぎを起こしていると聞いてね。確認しに来ました」

「お手数をお掛けして申し訳ありません」

「いえいえ、ちょうど手が空いていましたからね。それで、やっと表立って騒ぎを起こしたと聞きましたが、どうなのですか？」

「はい、身分を出したのもありますが、剣を抜いたようです」

「ほう……それはそれは、困ったことをしてくれましたね」

えっと、話の流れからすると……ボブという男はこれまでも横暴《おうぼう》なことをしていたが、表立って証拠を掴まれていなかったから、対応しようにもできなかったのかな？　それで、今回ようやく動けるようになった、と。

「剣を抜いた相手は誰ですか？」

「彼らです」

「……ほう」

ボブが剣を抜いた相手が僕達だと聞いて、ヴェリオさんの表情が厳しいものに変わった。

いつも穏やかな人の顔が剣呑《けんのん》な雰囲気になると、印象がガラっと変わるな。

「ヴェ、ヴェリオさん、僕達に怪我はありませんからね⁉」

「怪我がないのはなによりです。ですが、タクミくん達を相手に剣を抜きましたか……それはそれは、手加減する必要はなくなりましたね。容赦なく追及しましょう」

ヴェリオさんはにこやかに笑っているが、目が笑っていない。

「あ、あの、グランヴェリオ様、彼らとは知り合いですか？」

親し気に話す僕達を見て、ギルドマスターが恐る恐る尋ねる。

「ええ、三人ともうちの子ですよ」

「「はぁ？」」

ヴェリオさん、何を言っちゃっているのかな⁉　ギルドマスター、エヴァンさん、スコットさんが唖然とし、新人冒険者達五人なんてカチカチに固まっちゃっているよ～。

「あ、血の繋がりはありませんよ？　母が子、孫のように可愛がっている子達ですね。まあ、私も可愛がっていますけどね」

「ヴェリオさん、そこはただ『ルーウェン家が後見している冒険者です』って言うところじゃないですか？」

「それだけでは私達の関係の親密さは表せませんからね」

も～、ヴェリオさん。嬉しいんだけど、外聞は大丈夫なんだろうか？

「「いっちゃだめじゃないのー？」」

「ん？　アレンくん、エレナちゃん、どういう意味でしょうか？」

「あ～、僕がルーウェン家と仲が良いことをあまり外で言わないように、って言ったばかりなんですよ。場合によっては、絡まれることもありますからね」

「それもそうですね。――アレンくん、エレナちゃん、いいですか。相手を選んで言って回ればいいんですよ。二人が大丈夫だと思った人には言っても大丈夫です」

「「わかったー」」

それでいいんだろうか？　まあ、ヴェリオさんがいいって言うんだからいいのか？

「それでは、まずは相手の素性《すじょう》を調べないといけませんね」

ふふふ、と改めて笑うヴェリオさんは、やる気に満ち溢れていた。

「えっと、ベルファルト帝国の男爵家の人間みたいですね」

「おや、そうなのですか？　タクミくん、有力な情報をありがとうございます。――では、ノア殿、問題の人物の身柄は我が家が預かりますがよろしいですか？」

「は、はい、お願いいたします」

ヴェリオさんの剣呑な雰囲気に、ギルドマスターすら呑まれてしまっていた。

「では、私は邸《やしき》に戻りますが、タクミくんはどうしますか？」

「僕達はまだ何もやっていないので残ります」

「そうですか、わかりました。できれば、今日はもう何も起こさないでくださいね」

「心外です。その言い方は僕がいつも問題を起こしているみたいじゃないですか。というか、そうそう問題なんて起こしませんよ」

「おやおや、私は問題とは一言も言っていませんが、そのようにお願いしますね」

颯爽《さっそう》と現れて、颯爽と帰っていくヴェリオさんに、会議室の中は静まり返っていた。

「いや〜、驚きの連続だったな〜。これは間違っても『刹那』達に絡んじゃいけないやつだ」

ヴェリオさんが去ると、最初にエヴァンさんが乾いた笑いを零した。

「絡んでくる予定があったんですか？　というか、エヴァンさん、名前で呼んでください」

「そうだな。タクミって呼ばせてもらうよ。俺のことも呼び捨てでいいぞ。そんで、絡む予定なんてないから仲良くしてくれ」

「タクミさん、私はエヴァンの相棒で、Bランクのスコットです。よろしく」

「よろしくお願いします、スコットさん。あ、この子達が――」

「アレンです」

「エレナです」

改めて自己紹介を始めると、静まり返っていた雰囲気が徐々に和らいでいく。

「二人とも、一応Dランクですけど、実力はもう少し上かな？」

「ボブを一撃だもんな。あれには驚いた」

アレンとエレナのランクを明かすと、新人冒険者達のほうから感嘆の声が聞こえる。

「君達は冒険者になりたてかい？」

「は、はい」

突然話しかけられておっかなびっくり返事をしてくれたのはケインくん。

「間違っていたらごめん。君達は孤児院の子達かな？」

「はい、そうですけど……」

よくよく見れば、孤児院の院長さんから聞いていた子達の特徴と一致していたので、直接聞いてみたところ、少年達の顔色が一気に青くなった。

「何だ、タクミ？　新人虐《いじ》めでもやるのか？」

「やりませんよ。何でそんな話になるんですか⁉」

そんな様子を見て、エヴァンさんが揶揄《からか》ってくる。

「孤児院の子供かどうか確認しただろう？」

「それを聞いただけで、何で虐めと関係してくるんですか？」

「タクミさん、冒険者の中には孤児院出身っていうだけで素っ気ない態度をとったり、侮蔑《ぶべつ》したりする者もいるんですよ」

エヴァンさんの言わんとしていることをスコットさんが説明してくれる。

……孤児院出身ってだけでそんな不遇な扱いを受けるなんて、理不尽だな～。

「え、じゃあ、僕が孤児院のことを聞いたから、その子達が顔を青くしているんですか⁉」

ケインくん達からしたら〝Aランクの冒険者に目をつけられた！〟って思ったたってことか？

僕は慌てて、どうして孤児院出身かと確認したのか説明する。

「勘違いしないでよ。僕は院長さんと知り合いで、君達のことをお願いされたから確認しただけだからな？」

「え……院長先生が？」

「そうだよ。ほら、孤児院って領主が経営しているだろう？　その関係でね」

「「「あ！」」」

ヴェリオさんと知り合いだっていうことは知れ渡ったし、そのことを伝えればすぐに納得してくれたようだ。

「というか、僕って新人を虐めるような奴に見えるってこと？　かなりショックなんだけど……」

「「よしよし」」

「「ぶっ！」」

ちょっと落ち込んだ風に見せると、アレンとエレナが椅子の上に立ち上がり、慰めるように僕の頭を撫でる。

それを見て、ギルドマスター、エヴァンさん、スコットさんが噴《ふ》き出《だ》していた。

「うん、アレン、エレナ、ありがとう。もういいから座ろうか」

「「だいじょーぶ？」」

「大丈夫、大丈夫」

「「わかったー」」

子供達の気遣いは嬉しいが、ちょっと恥ずかしいので撫でるのを止めさせて座らせる。

「ちょっと、そこ！　いつまでも笑ってない！」

「ぐっ。……その子達は良い子だな」

「本当に。とても和みます」

「んんっ」

エヴァンさんとスコットさんは苦し紛れな言い訳をし、ギルドマスターに至っては咳払いで誤魔《ごま》化《か》そうとしている。

とりあえず、笑いを抑えられない三人は放置し、新人冒険者達のほうに向き直る。

「……ということで、今後君達は何か困ったことがあって、僕を見かけた時は遠慮なく相談に来ていいからね」

「はい、ありがとうございます」

そう伝えれば、五人は安心した表情を見せた。

そして、改めて一人ずつ名乗ってくれた。

冒険者パーティ『黒猫』はケインくんをリーダーに、テリーくん、キースくん、ニーナちゃん、フィオナちゃんの五人で組んでいて、全員が十五歳ということだった。みんな素直そうな子達である。

「ところで、ギルドマスター。ヴェリオさんの登場で中途半端になってしまいましたが、聴取は終了でいいんですかね？」

「ああ、そうだな。君は今日、依頼を受けるつもりで来たのかい？」

「そうですね、依頼書を眺めて何かあれば……って感じでしたけど、今日は見るだけかな？　あ、そうだ！　ギルドで武器の取り扱い講習みたいなものって受けられますか？　できれば今から」

時間がある時に武器の取り扱いについて習おうと思っていたが、忘れていたというか、なかなか機会に恵まれなかったんだよね。なので、せっかくの機会ということでギルドマスターに尋ねてみた。

「講習はやっている。手配すれば今からでも大丈夫だが……あれは新人向けの講習だぞ？」

「僕は魔法特化で武器がほとんど使えないんで、習えるのであれば、いざという時のために習いたいんですよね」

「ああ、なるほどな。そういうことならすぐに手配するが、何の武器を習いたいんだ？」

「そうですね、剣、槍《やり》、弓、体術……一般的なものをひと通り？ 受講者は僕と子供達、あとはその五人の計八人で」

「「「「え？」」」」

受講者に『黒猫』のメンバーも勝手に加えれば、五人から驚きの声が上がる。

「タ、タクミさん⁉」

「受講料は僕が出すから大丈夫。それとも武器の使い方はもう誰かから習った？」

「い、いえ、習ってないです。で、でも……」

「なら、基礎は大事だから習っておきな。どうせ、今から依頼を受けるのも微妙な時間だしな。今日の依頼料がないと生活に困るって言うなら、援助もしよう」

少々強引だが、勝手に話を進めていく。

孤児院の子供達の教育についてはまだ実施されてないのでここで言うわけにはいかないが、微妙な差で受けられなかったこの子達へのフォローも兼ねての提案だ。

「じゃあ、アレン、エレナ、みんなで武器の使い方を習うよ～」

「「わーい」」

『黒猫』の子達に悩ませる時間を与えずに、さくさくと話を進めてしまう。

「ギルドマスター、講習は受付で申し込めばいいんですかね？」

「あ、いや、俺が手配するから、一緒に受付へ行こう」

「ギルドマスター自ら手配してくれるんですか？　ありがとうございます。――さあ、さあ、みんな行くよ～」

僕はみんなを会議室から出るように促した。

「失礼ですが、ギルドマスターっておいくつですか？」

「俺か？　三十五だな」

受付までの道すがら、ギルドマスター改め、ノアさんと少々世間話をした。

ノアさんの見た目が現役冒険者っぽかったのでそのことを思い切って尋ねてみると、どうやら足を痛めてしまっているようだ。普段の歩行なら特に問題ないのでぱっと見ではわからないが、踏ん張りが利かないらしい。それは確かに冒険者として致命的だ。

もともとAランクの冒険者だったそうだから、きっと引退は苦しい決断だっただろうな。

それで、引退してすぐにギルド職員になったそうだが、それからそんなこんなでいつの間にかギルドマスターになっていた、と話してくれた。

そんなこんなって何だよ！　と思ったが、まあ、ノアさんが優秀だったということだろう。

受付で講習の手続きを済ませた僕達は、すぐに訓練場へと移動した。

武器講習は通常、ギルド職員やギルドから依頼を受けた熟練冒険者が指導に当たってくれるのだが、今回はギルド職員二名が指導してくれるようだ。

「俺達も暇だから混ぜてくれ」

「剣でしたら指導できますよ」

そして、エヴァンさんとスコットさんも、今日はもう依頼を受けないそうで、無償《むしょう》で指導者として参加してくれることになった。

「武器をひと通り習いたいって話だよな？」

「えっと、ひと通り習いたいのは僕だけですね」

「そうなのか？　じゃあ、どうするかな……」

ギルドの練習用の武器を用意してもらい、講習開始……というところで、すぐに行き詰まってしまう。それはそうだよな、素人《しろうと》同然の『黒猫』達と、戦闘スタイルが決まっていて予備知識として武器を習いたい僕達では、指導方法が違うのだから。

「そうですね、まずはその子達の武器を決めたほうがいいかな？　さすがにまだあれこれ手を出すわけにはいかないですしね」

「確かに、この子達くらいの冒険者になりたての者は、あれこれと手を出すのは避けて、一つに絞って練習したほうがいいな」

僕の言葉に、エヴァンさんが同意してくれる。

「ですよね。――ケインくん、君達はまずパーティの構成をよく考えて使いたい武器を決めようか」

「「「「「はい！」」」」」

まずは『黒猫』達の扱う武器を決めることにした。

五人は用意してもらった練習用の武器を握ったり、構えたりしながら真剣に考えている。

「タクミさん、決まりました！」

もともと使いたい武器があったのか、既に使っていたのかわからないが、選択はすぐに終わった。

ケインくんとキースくんが剣、テリーくんが槍、ニーナちゃんが弓と短剣、フィオナちゃんが短剣と投擲《とうてき》。職員さんから少々助言をもらったみたいだが、なかなか良い感じに組まれていた。

まあ、扱いたい武器と適性は必ずしも一致するわけではないので、実際に武器を振るってみてから変更することもあるかもしれないけどね。そこは実際にやってみてからかな。

「じゃあ、剣は俺とスコットが見るぞ」

エヴァンさんが扱うのは身丈ほどの大剣、スコットさんは普通の剣を扱うようで、ケインくんとキースくんの剣の指導を買って出てくれる。

職員さんの一人――リックさんは槍担当でテリーくんを、もう一人の職員さん――モランさんは弓、投擲の担当で、ニーナちゃんとフィオナちゃんを受け持ってくれることになった。

「僕はそうだな～、槍に混ざろうかな」

しっかりと扱えるかどうかはともかく、【剣術】スキルは習得しているから、違う武器のスキル習得を目指すことにした。

「エヴァンさん、スコットさん、アレンとエレナも一緒にいいですか？」

アレンとエレナもいつの間にか【剣術】スキルを習得していたが、二人にはちゃんとした剣の扱い方を習ってもらおう。

「……まあ、とりあえずは剣の構え方とかの基本だし、構わないぞ」

「「わーい！」」

「アレン、エレナ、二人の言うことをちゃんと聞くんだよ」

「「うん！」」

剣が習えると聞いて、アレンとエレナが喜びながら自分の鞄から剣を取り出す。

「おい、タクミ！　子供にそんな立派な剣を持たせているのか!?」

すると、エヴァンさんが、子供達が自分の剣を持っていることに驚いて声を上げる。

「立派……ですか？　でも、それは刃のない剣ですよ？」

見た目はそれなりに見える剣だが、あれは鍛冶《かじ》職人見習いが作った練習品だ。

親方さん曰《いわ》く、何度も打ち直しているから強度はそれほどないとのことだったけど。

「刃がないって言ったって、ちゃんとした剣じゃないか！　金のない冒険者が持っているものよりよほど良いやつだぞ！　そんなものを子供にほいほい買い与えるなよ！」

「買い与えるなって……うちの子達、その剣を買えるくらいのお金は余裕で自分達で稼いでいますよ？」

「「は？」」

エヴァンさんだけではなく、スコットさんも呆けたような声を出す。

むしろ、厳密に稼ぎを分ければ、僕よりも子供達のほうが稼いでいるかもしれない。

だって、魔物はほとんど子供達が我先にと倒してしまうし、薬草も珍しいものをほいほい見つけるのだから。

「いやいや、子供達はDランクだって伝えましたよね？　Dランクの冒険者だったらそこそこの武器を持っているでしょう？　それと同じですよ」

「それもそう……か？」

「……そうですね」

若干引っ掛かりがあるようだが、二人が納得したところで講習を始める。

とりあえずは武器の持ち方、振り方を習い、あとは一連の流れで動作をひたすら覚えることにしたのだった。

「タクミはもう様《さま》になっているんじゃないか？」

「そうですか？　そうなら嬉しいです」

お昼となり、一旦休憩する頃には、僕は【槍術】スキルを習得していた。リックさんのお陰だな。

「さて、お昼ご飯はどうしようか？」

僕がアレンとエレナにそう聞けば、エヴァンさんが首を傾げる。

「どうしようって、ギルドの食堂に行かないのか？」

「ああ、そういえばそんなところがありましたね」

冒険者ギルドには、食堂というか酒場みたいなところが併設されている。仕事終わりに冒険者達がお酒を飲んでいるのを見るが、僕達はほぼ使ったことがないので忘れていた。

「アレン、エレナ、食堂でいいかい？」

「「うん、おなかすいたー」」

アレンとエレナはいっぱい剣の練習をして腹ペコのようだ。二人してお腹をさすっている。

「いっぱい食べなって言いたいところだけど、午後からも訓練だから食べ過ぎるなよ」

「「はーい」」

「ほら、ケインくん達も行くよー」

「いや、あの……」

訓練場を出ようとしたところで、ケインくん達が動かないので声を掛ける。しかし、ケインくん達はオロオロとして動かない。

「あのくらいの頃って昼飯代も辛いんだよな～」

「そうなんですか？」

「そうですね。軌道に乗るまでは、日々稼げる金額は、宿代に少しの預金が精々ですね。武器を買うために貯《たくわ》えないといけませんから、三食まともに食べられないことも珍しくはありませんね」

エヴァンさんとスコットさんが、ケインくん達が動かない理由を教えてくれる。

そうか、なりたての冒険者って、そんなに生活がカツカツになるもんなんだ。

「いいからおいで。援助もするって言っただろう？　奢《おご》るから、遠慮なく食べな」

「でも……その……」

「おなかすいたー」

「はやくいこー」

アレンとエレナに呼びに行かせて、ケインくん達はやっと動き出す。

あれは遠慮というか、どうしていいかわからない感じだな、きっと。

「あ、エヴァンさんとスコットさんの分も僕が出しますから、たらふく食べてもらっても構いませんよ。ただ、午後からの指導もあるのでお酒は止めてくださいね」

「いいんですか、タクミさん？　エヴァンはもの凄く食べますよ」

「細身なのにそんなに食べられるんですか？　むしろどれだけ食べられるのか気になるので、限界まで食べてみてもらえますか？」

「ほほぅ、俺への挑戦か？」

「大銀貨一枚分くらいはいけますか？」

「さすがにそれは無理だ」

エヴァンさんの断念が早かった。

まあ、大銅貨五枚――５０Ｇもあれば、安いところなら定食のようなものが食べられる。それを大銀貨一枚――１０００Ｇ分となると、単純計算でだいたい二十食。たくさん食べると言っても、さすがにそこまでは無理なようだ。

「へぇ～、結構賑《にぎ》わっているんですね」

日中は依頼を受けて外に出る人が多いため、お昼の食堂は空いているものだと勝手に思っていたが、実際はそこそこ賑わっていた。

しかも、お酒っぽいものを飲んでいる人もちらほら見える。

「アレンとエレナは何を食べる？」

「「んとねー……」」

食堂のメニューは、メインの料理を選んでそれにスープとパンが付く、という感じで販売されていた。そして、肝心のメイン料理だが、ほぼステーキだ。

だが、ウルフ、ホーンラビットなど安い肉から、オークやロックバードなど、そこそこ高級の肉まで種類だけは豊富にある。

「「これー」」

「ブラックシープか。食べたことない肉だな」

「「うん！」」

「じゃあ、これにするか。——ケインくん達はどれにする？」

「えっと……」

僕も子供達と同じものに決め、ケインくん達にどれにするか聞いてみたが、困ったことに五人とも遠慮して注文そのものをしようとしなかった。

このままでは埒《らち》が明かないので、サクっと決めてしまう。

「じゃあ、勝手に決めちゃおう。よし、みんな同じでいいね」

「「「「えぇ！」」」」

ブラックシープはオークの肉よりは安めだが、ケインくん達にしたらたぶん高価な部類だろう。なので、五人は慌てた様子を見せるが、文句は受け付けない。

そして、エヴァンさんとスコットさんには、講習料代わりにオークとロックバードの肉を注文しておいた。

食事が終わり、少し休憩してから講習を再開する。

午後からは武器の使い方をもっと身体に馴染ませるために、ひたすら素振りや打ち込みの訓練をするようだ。あとはサブ武器を使う予定のニーナちゃんとフィオナちゃんの短剣の扱い方だな。

そうなってくると指導者の手も少し空くので、僕だけは違う武器を習うことにした。

「タクミは覚えるのが早いな〜」

「そうですか？」

「ああ、普通はそんなに次々とまともに扱えるようになんてならないぞ」

僕は弓、格闘、さらに大剣も扱ってみたが、どれも程なくスキルを習得していた。

他の人が基本を習ってからどのくらいでスキルを習得するかは知らないが、僕は早いほうみたいだな。まあ、僕って神様特製の身体だからな〜。

「なあ、タクミ、ちょっと手合わせをしてみようぜ」

「手合わせ？　僕とエヴァンさんがですか？」

「そうそう」

次はどうするかな〜と悩んでいると、エヴァンさんが提案してくる。

「いや、でも、剣じゃエヴァンさんの相手になりませんよ」

「そんなことないと思うぞ」

「いやいやいや、無理ですって」

「大丈夫、大丈夫。俺は大剣じゃなくて普通の剣を使うからさ」

エヴァンさんが大剣じゃなくて普通の剣を使うなら……多少の打ち合いはできるかな？　いやいや、でも本職の剣士と手合わせなんて無謀《むぼう》だ。

「せめてもう少し剣に慣れてから相手をしてください」

「……仕方がないな～。その代わり、今度俺らと依頼を受けようぜ」

「ああ、それなら喜んで。是非お願いします」

エヴァンさんとスコットさんとは今日会ったばかりだが、二人ともとても良い人で付き合いやすいので、一緒に依頼を受けるのは大歓迎だ。

「よっしゃあ、じゃあ、予定を決めようぜ」

「はい、わかりました。あ、でも、子供達も一緒ですけどいいんですか？」

「おう、いいぞ」

「そうですね、あの子達なら足手纏《まと》いにはならないでしょう？」

「ええ、その辺は大丈夫です」

自信を持って太鼓判《たいこばん》を押した。だって、僕はうちの子達の体力切れってまだ見たことはないんだよね。

「むしろ、僕達の出番がなくなりますけど……その辺も大丈夫ですか？」

「……え？」

「えっと、タクミさん、どういう意味でしょうか？」

僕の言葉に、エヴァンさんとスコットさんは意味がわからないという顔をする。

「採取依頼でも討伐依頼でも、あの子達は目的のものを誰よりも早く見つけ、見つけたら一目散で向かって行きます。なので、僕はいつも付き添い要員です」

「そうなのか？　ん～、子供達が無理していないなら、出番がないことは問題ではないが……大人として子供に乗っかるだけなのはいただけないな～。スコット、どうすればいい？」

「そうですね。タクミさんは合同で依頼を受けたことはありますか？」

「えっと、いくつかのパーティが合同のものならあります。でも、それはギルドからそれぞれのパーティに対して依頼されたものでしたので、それとは別物ですよね？」

ガヤの森に行った騎士団との合同遠征は、冒険者ギルドと騎士団から出された依頼だ。なので、今回のように個人的に約束して依頼を受けたことはない。

あ、いや、ライゼルと一緒に依頼を受けたことがあったな。だが、あの時は僕達の依頼にライゼルがついて来たって感じだったしな～。

「そうですね。それなら教えておきます。個人的に交渉して合同で依頼を受ける時は、必ず先に報酬をきっちり決めてください」

「報酬ですか？」

「はい、分配をどうするか決めておくのです。人数差や能力による負担なども加味し、パーティ単位で〝五：五〟や〝六：四〟という具合にです。きっちり決めておかないと、依頼を終えてから揉めることがあります。というか、揉めます。決めていても後から文句を言う人間は必ずいますので、きっちりしっかり決めてください」

「な、なるほど……」

スコットさん、やけに熱が入っているが、揉めた経験がかなりあるのかな？　お金が絡むとやはり面倒なことが出てくるのは避けられないんだろうな～。

「と、前置きが長くなりましたが、まあ……今回は半々でいいんじゃないですか？」

「いやいや、足手纏いになる可能性は少ないとはいえ、子供ですからちょろちょろして中断することもあると思います。なので、割合は少なくしてもらったほうが、僕としては一緒にやりやすいんですけど……」

「それも込みで俺達が誘っているんだから、いいんだって」

「いや、でも……」

「でもはいらない。なあ、この際、受けられるだけ依頼を受けてさ、野営することも視野に入れて行こうぜ」

「それもいいですね」

エヴァンさんとスコットさんが楽しそうにいろいろ案を出していく。まあ、出ている依頼は日々変わっていくので、今日は出かける日だけを決めておいた。

「おし、そろそろ終了だ」

「はい、ありがとうございました」

「「ありがとうございました〜」」

日が暮れてきたところで、講習も終了となる。

指導してくれたギルド職員にお礼を言い終わると、ケインくん達が寄ってきた。

「タクミさん、今日は本当にありがとうございました！」

「「「ありがとうございました！」」」

講習を受けさせたことのお礼を言いに来たようだ。

「気にしなくていいよ。あ、そうだ、今日の宿代が必要だよね」

「い、いえ！　そんなつもりでお礼を言いに来たわけじゃないです！」

「大丈夫、わかっているって。僕の気紛れだと思ってくれていいから」

照れ隠しとかではなく、本当に完全な気紛れである。

院長さんに頼まれたとはいえ、もしケインくん達が生意気な子達だったら、約束を果たすためだけに、最低限のアドバイスのみで終わっていただろう。それも頼られたら、の話だ。

だが、ケインくん達が素直そうな良い子だから世話を焼くのだ。まあ、あくまで多少だ。

「言っておくけど、今日だけだよ？　だから、甘えておきなよ」

僕は五人が泊まれるだけのお金をケインくんに握らせて帰らせた。

「さて、僕達も帰るか」

「「は〜い」」

今日は新たに【大剣術】【槍術】【弓術】【格闘術】のスキルを覚えたし、もともと持っていた【剣術】の熟練度も上がった。アレンとエレナもかなり剣術が使えるようになった。

なかなかいい収穫だったと、ほくほくした気持ちでルーウェン邸に帰ると、レベッカさんが険しい表情で待ち構えていた。

「タクミさん、アレンちゃん、エレナちゃん！」

レベッカさんは勢い良く近づいて来ると、僕や子供達の顔や腕を触ってくる。

「大丈夫？　怪我はないわね？」

何事かと思ったが、怪我の有無を確認していたようだ。

「は、はい、ないです！」

「「ないよ〜」」

「ヴェリオさんから話を聞いて心配したのよ！　どうしてすぐに帰って来てくれなかったの！」

レベッカさんは、僕たちがボブに喧嘩《けんか》を売られたことをヴェリオさんから聞いたんだな。

大丈夫だと聞いたとはいえ、無事なことを自分の目でちゃんと確認したかったんだろう。なのに、僕達がなかなか帰ってこなかったため、ずっと心配していたらしい。

「す、すみません」

暢気に講習なんて受けていて本当に申し訳ないです。

「もう危ないことはしちゃ駄目！　約束よ！」

「いや、僕達は危ないことはしていませんよ？」

僕はそう言うが、レベッカさんはずい、と顔を近づけて念押ししてくる。

「いい？　約束よ！」

「はい、危ないことはしません！　約束します！」

「「やくそくする！」」

レベッカさんの凄い剣幕に、僕は否とは言えなかった。

しかし……面白味もない生活も嫌だが、何事もなく平和に過ごすっていうのも、案外難しいものだよなぁ。そんなことを、最近しみじみ思うようになった。

とにかく、今後はレベッカさんに心配を掛けることは極力避けて、少しでも危ないことはこっそり完遂《かんすい》させようと心に決めたのだった。

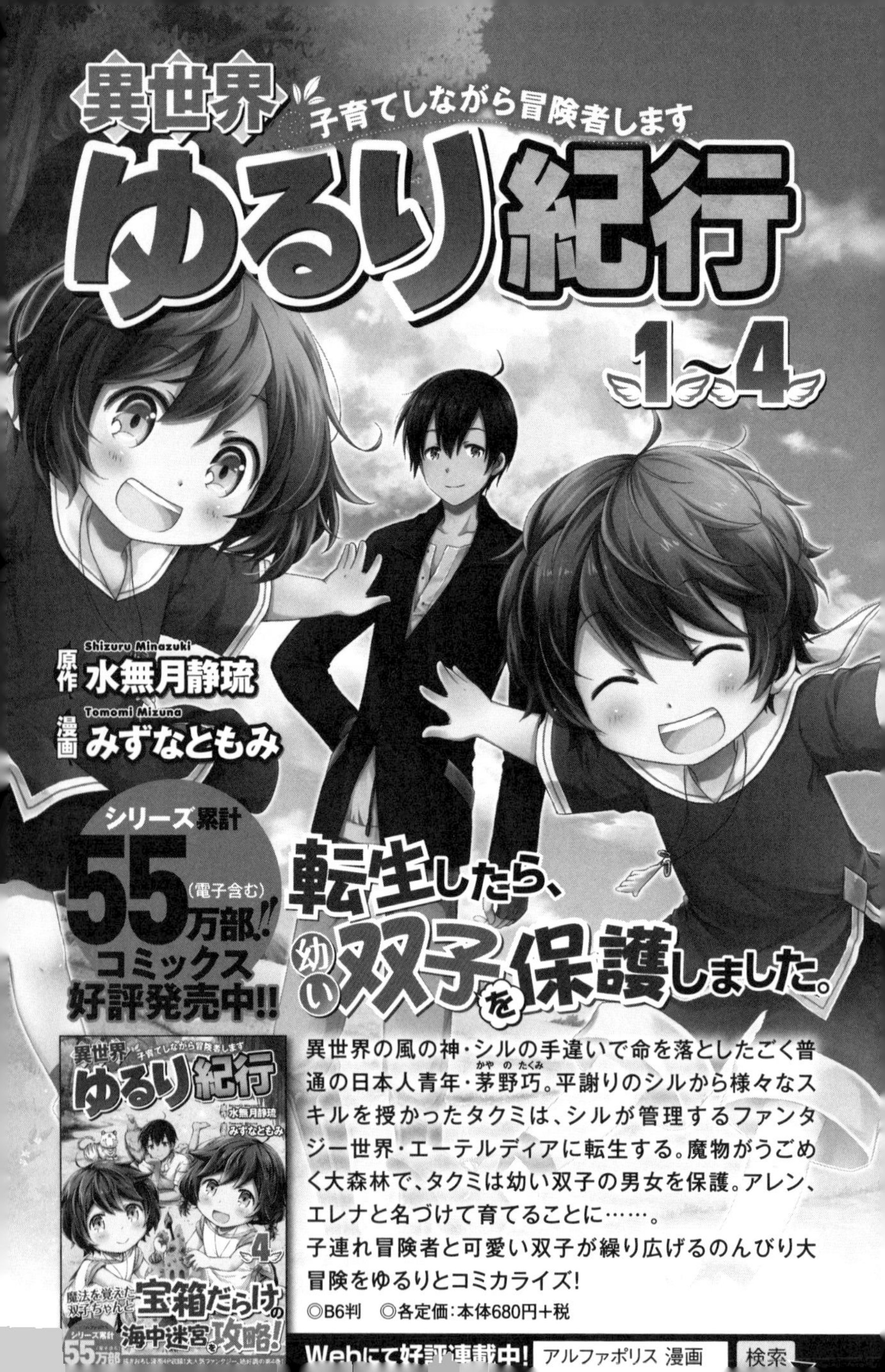

異世界ゆるり紀行
子育てしながら冒険者します
1〜4
原作 Shizuru Minazuki 水無月静琉
漫画 Tomomi Mizuna みずなともみ
シリーズ累計 55万部!!（電子含む）
コミックス好評発売中!!
転生したら、幼い双子を保護しました。
異世界の風の神・シルの手違いで命を落としたごく普通の日本人青年・茅野巧《かやのたくみ》。平謝りのシルから様々なスキルを授かったタクミは、シルが管理するファンタジー世界・エーテルディアに転生する。魔物がうごめく大森林で、タクミは幼い双子の男女を保護。アレン、エレナと名づけて育てることに……。
子連れ冒険者と可愛い双子が繰り広げるのんびり大冒険をゆるりとコミカライズ!
◎B6判　◎各定価：本体680円＋税
異世界ゆるり紀行 子育てしながら冒険者します
水無月静琉
みずなともみ
4
魔法を覚えた双子ちゃんと宝箱だらけの海中迷宮を攻略!
シリーズ累計55万部
Webにて好評連載中!
アルファポリス 漫画
検索

貴族の三男坊の僕、クロウは優秀なスキルを手にした兄様たちと違って、錬金術というこの世界で不遇とされるスキルを授かることになった。それで周囲をひどく落胆させ、辺境に飛ばされることになったんだけど……現代日本で生きていたという前世の記憶を取り戻した僕は気づいていた。錬金術がとんでもない可能性を秘めていることに！　そんな秘密を胸の内に隠しつつ、僕は錬金術を駆使して、土壁を造ったり、魔物を手懐けたり、無敵のゴーレムを錬成したりして、数々の奇跡を起こしていく！

◉定価：本体1200円＋税　◉ISBN 978-4-434-28659-9

◉Illustration：ぐりーんたぬき

●ISBN 978-4-434-28658-2 ●定価：本体1200円＋税 ●Illustration：ふらすこ

異世界生活大満喫ファンタジー、待望の書籍化！

日本人の少年は命を落とし、異世界で貴族の次男ゼルート・ゲインルートとして転生する。前世の記憶を保持する彼は、将来は家を出て、気ままな冒険者になろうと考えていた。冒険者になれるのは12歳から。そこでゼルートは、それまでの間に可能な限りレベルとスキルを上げることを決意する。強くなればなるだけ、この異世界での冒険者生活を自由に楽しく満喫できるはずだからだ。しかもその助けになるかのように、転生の際に、神様から様々なチートスキルを貰っており——

●ISBN 978-4-434-28660-5 ●定価：本体1200円＋税 ●Illustration：みことあけみ

この作品に対する皆様のご意見・ご感想をお待ちしております。

おハガキ・お手紙は以下の宛先にお送りください。

【宛先】

〒150-6008 東京都渋谷区恵比寿4-20-3 恵比寿ガーデンプレイスタワー 8F
（株）アルファポリス　書籍感想係

メールフォームでのご意見・ご感想は右のＱＲコードから、
あるいは以下のワードで検索をかけてください。

アルファポリス　書籍の感想　検索

ご感想はこちらから

本書はWebサイト「アルファポリス」（https://www.alphapolis.co.jp/）に投稿されたものを、改稿、加筆のうえ、書籍化したものです。

異世界《いせかい》ゆるり紀行《きこう》 ～子《こ》育《そだ》てしながら冒険者《ぼうけんしゃ》します～ 10

水無月静琉（みなづきしずる）

2021年3月31日初版発行

編集－村上達哉・宮坂剛
編集長－太田鉄平
発行者－梶本雄介
発行所－株式会社アルファポリス
〒150-6008 東京都渋谷区恵比寿4-20-3 恵比寿ガーデンプレイスタワー8F
TEL 03-6277-1601（営業） 03-6277-1602（編集）
URL https://www.alphapolis.co.jp/
発売元－株式会社星雲社（共同出版社・流通責任出版社）
〒112-0005 東京都文京区水道1-3-30
TEL 03-3868-3275
装丁・本文イラスト－やまかわ
装丁デザイン－AFTERGLOW
印刷－中央精版印刷株式会社

価格はカバーに表示されてあります。

落丁乱丁の場合はアルファポリスまでご連絡ください。

送料は小社負担でお取り替えします。


ISBN978-4-434-28663-6 C0093